徳間文庫

婿殿開眼㈥

半蔵女難

牧秀彦

JN091825

徳間書店

目次

【主な登場人物】

笠井半蔵《かさいはんぞう》　百五十俵取りの直参《じきさん》旗本。下勘定所《しもかんじょうしょ》に勤める平勘定。

佐和《さわ》　笠井家の家付き娘。半蔵を婿《むこ》に迎えて十年目。

お駒《こま》　呉服橋《ごふくばし》で煮売屋『笹《ささ》のや』を営む可憐な娘。

梅吉《うめきち》　『笹のや』で板前として働く若い衆。

矢部駿河守定謙《やべするがのかみさだのり》　新任の南町奉行。

梶野土佐守良材《かじのとさのかみよしき》　勘定奉行。半蔵の上役。

高田俊平《たかだしゅんぺい》　北町奉行所の定廻《じょうまわり》同心。半蔵と同門の剣友。

遠山左衛門尉景元《とおやまさえもんのじょうかげもと》　北町奉行。

鳥居耀蔵《とりいようぞう》　目付《めつけ》。

金井権兵衛《かないごんべえ》　内与力。元は矢部家の家士頭。

浪岡晋助《なみおかしんすけ》　浪人。天然理心流《てんねんりしんりゅう》の門人。半蔵と俊平の弟弟子。

孫七《まごしち》　下勘定所の雑用係。忍者の末裔《まつえい》。

三村右近《みむらうこん》　南町奉行所の見習い同心。左近の双子の弟。

三村左近《みむらさこん》　右近の双子の兄。

千香《ちか》　佐和の幼馴《おさなな》染《じ》み。御中臈《おちゅうろう》。

木島泰之進《きじまやすのしん》　旗本の嫡男《ちゃくなん》。千香が大奥入りする前に求婚した。

室田伝兵衛《むろたでんべえ》　大奥を警備する広敷伊賀者《ひろしきいがもの》。

姉小路《あねこうじ》　上臈御年寄《じょうろうおとしより》。

【単位換算一覧】

一尺《しゃく》（約三〇・三〇三センチ）一寸《すん》（約三・〇三〇三センチ）一分《ぶ》（約〇・三〇三〇三センチ）一丈《じょう》（約三・〇三〇三メートル）一間《けん》（一・八一八一八メートル）一里《り》（三・九二七二七キロメートル）一斗《と》（一八・〇三九一リットル）一升《しょう》（一・八〇三九一リットル）一合《ごう》（〇・一八〇三九一リットル）一勺《しゃく》（〇・〇一八〇三九一リットル）一貫《かん》（三・七五キログラム）一斤《きん》（六〇〇グラム）一匁《もんめ》（三・七五グラム）一刻《とき》（約二時間）半刻《はんとき》（約一時間）四半刻《し》（約三〇分）等

第一章　穏やかな日々

一

天保《てんぽう》十二年（一八四一）七月。

暦《こよみ》の上で秋を迎えても、江戸は夏さながらに暑い。

朝日の射す座敷で、佐和《さわ》が半蔵《はんぞう》の着替えを手伝っていた。

「お腹回りが太うなられましたね、お前さま」

「うむ。近頃はそなたの手料理が美味《うも》うて、食が進むのでな……これが幸せ太りというものぞ」

「まぁ」

佐和は満面の笑みを浮かべた。

新婚の頃にも拝《おが》んだ覚えのない、明るい顔だった。

それでいて、帯を締《し》め上げる力はやたらと強い。華奢《きゃしゃ》な体付きで腕も細いのに相変わらず、大した膂力《りょりょく》である。

「も、もそっと緩《ゆる》うしてくれぬか……」

半蔵は彫《ほ》りの深い顔をしかめる。

体付きがたくましいのは変わらぬものの、見るからに下っ腹が出ている。

武士たる者は、常に腹八分目を心がけるべし。

まして、半蔵は戦いを避けられぬ身。

胴回りが太くなれば刀を振るうときに重心が安定する反面、動きは鈍《にぶ》る。

密《ひそ》かに工夫してきた料理の腕を褒めてもらえるのは嬉しい限りだが、愛する夫に生き延びてもらうためには、手綱《たづな》を緩めてはなるまい。

「ご辛抱《しんぼう》なされませ。きっちりと締めておかねば、大事なお腰の物が抜け落ちてしまいまする」

「さ、左様か」

目を白黒させながら、半蔵は答える。

「そのまま、そのまま……お腹を出してはなりませぬよ」

佐和は力強く帯を締め終え、続いて袴《はかま》を穿かせてくれる。

きゅっ、きゅっと袴紐を結ぶ音が心地いい。

「かたじけない」

半蔵はホッとした面持《おもも》ちで脇差《わきざし》を受け取り、帯前に差す。

勘定所の勤めも、今日は非番。

朝餉《あさげ》を済ませた後は、佐和の買い物に日本橋まで付き合うことになっている。

夫婦揃って心置きなく休日を楽しむことができるのも、このところ鳥居耀蔵《とりいようぞう》の魔手が伸びていなければこそだった。

これまで半蔵を振り回してきた梶野良材《かじのよしき》の影御用も近頃は絶えていたが、あの二人が完全に大人しくなったと考えるのは早計だろう。

辣腕《らつわん》の目付と老獪《ろうかい》な勘定奉行は、共に水野忠邦《みずのただくに》の懐刀《ふところがたな》。

老中首座《しゅざ》の忠邦は去る閏《うるう》一月に大御所の家斉《いえなり》公が没して以来、対立派を次々に幕閣《ばっかく》から締め出し、政《まつりごと》の実権を掌握しつつある。耀蔵や良材らを手足の如く巧《たく》みに操り、政敵たちを失脚させているのだ。

策士の二人は今日も忠邦の命を受け、人知れず暗躍しているに違いなかった。

柳営《りゅうえい》の複雑な内情など、もとより与《あずか》り知らぬことである。

忠邦が推し進めんとする幕政改革に百五十俵取りの小旗本、それも一介の入り婿《むこ》にすぎない半蔵が口を出すべきではあるまい。

それでも、矢部定謙《やべさだのり》だけは護《まも》りたい。

矢部家は五百石の旗本。代々の役目は有事に幕軍の先鋒《せんぽう》となり、最前線で戦う御先《おさき》手組《てぐみ》。定謙は若くして家督を継ぎ、御先手組頭が加役（兼任）で担う火盗 改《かとうあらため》の長官職を、三度に亘《わた》って勤め上げた猛者《もさ》だった。

しかし、かつての猛者も今年で五十三歳。

歳《とし》の割に頑健とはいえ、気力も体力も若い頃には及ばない。

南町奉行所で思わぬ凶事が起きてから、早くも一月《ひとつき》が経《た》っていた。

当初は衝撃を隠せなかった定謙も落ち着きを取り戻し、江戸市中の治安を護るため、北町奉行の遠山景元《とおやまかげもと》ともども精勤してくれている。

むろん、まだ完全に危機が去ったわけではない。

いざとなれば、半蔵はいつでも合力《ごうりき》するつもりであった。

耀蔵が再び刺客を差し向ければ駆け付けて撃退し、過日の事件が原因で定謙が窮地に陥ったときは、可能な限り手を尽くしたい。

悪《あ》しき一味が何を仕掛けてこようと、今や半蔵は負ける気がしなかった。

佐和にすべてを包み隠さず、打ち明けたからである。

今後は悩むには及ばない。迷ったときは何であれ、美貌と知恵を兼ね備えた妻に相談すればいいのだ。

半蔵は腕こそ立つが、知恵が足りぬのが玉に瑕《きず》。

天然理心流《てんねんりしんりゅう》の剣技に秀でてはいるものの思慮が浅いのに付け込まれ、知らないうちに数々の奸計《かんけい》に利用されてしまっていた。

しかし、これからは違う。

半蔵は佐和という、最も身近にして力強い味方を得た。

良材が義を為すための影御用と偽って半蔵に密命を下し、悪事に加担させようとしたところで無駄なこと。佐和に裏を見抜いてもらえば、二度と引っかかりはしないだろう。

思い通りに動かなくなったからといって、良材は半蔵に無理を強いたり、勝手に御《お》役御免《やくごめん》にするわけにはいかぬはずだった。

下《しも》勘定所勤めの小役人とはいえ、笠井《かさい》家は三河以来の直参《じきさん》。

家付き娘の佐和にも受け継がれている算勘《さんかん》の才を発揮し、徳川家の旗本として微禄ながらも先祖代々、役に立ってきた一族である。

半蔵は、その笠井家の当主なのだ。

かつては苦手だった算盤《そろばん》の扱いにも努力を重ねるうちに慣れ、抜きん出て優秀とは言えぬまでも、何とか人並みに務まっている。

真面目に働く半蔵を罷免《ひめん》するには、奉行といえども理由が要《い》る。

他の配下たちは誰も知らない影御用を、言われた通りに果たさなくなったからといって、勘定所から追い出すわけにはいくまい。

機嫌を損ねることなど恐れずに、むしろ堂々と職場に居座ってやればいい。

ともあれ今日は一日、夫婦水入らずで楽しく過ごすべし。

その前に、まずは腹拵《はらごしら》えだ。

夫の身支度を終えた佐和は、二人の女中に膳を運ばせた。

半蔵は今朝も健啖《けんたん》だった。

自ら杓文字《しゃもじ》を取り、給仕をするのは佐和である。

近頃は女中たちを早々に下がらせ、率先して夫の世話を焼くのが常だった。

「お代わりを頼む」

「まぁ、もう三膳目ですよ」

笑顔で飯をよそいながらも、佐和は苦言を呈するのを忘れない。

「余り肥えてしもうては動きが鈍うなりますぞ、お前さま」

「案じるには及ばぬ。向後は柳町《やなぎちょう》の道場通いにも精を出す故《ゆえ》な」

「されば、試衛館《しえいかん》よりお許しが出たのですか？」

「うむ。高田《たかだ》や浪岡《なみおか》との行き違いは水に流し、これからは心置きのう稽古《けいこ》に励めとの、近藤《こんどう》先生の仰せであった」

「それは重畳《ちょうじょう》……さぁ、たんと召し上がれ」

「おいおい、さすがに多すぎるぞ」

高々と盛り上げた碗《わん》を前にして、半蔵は苦笑する。

市谷《いちがや》の柳町に試衛館を構える近藤周助邦武《しゅうすけくにたけ》は、天然理心流の三代宗家。十年前に笠井家に婿入りするまで郊外の武州で過ごし、今は亡き二代宗家とその一門の下で腕を磨いた半蔵は、周助の直弟子《じきでし》でこそなかったが、かねてより試衛館に出入りをさせてもらっていた。

門人の高田俊平《しゅんぺい》や浪岡晋助《しんすけ》とは共に稽古で汗を流し、歳の離れた剣友として親しく付き合ってきたが、俊平と晋助にとっては憎むべき敵でしかない定謙に味方したため嫌われ、顔を出せなくなって久しかった。

かかる事情を知った周助が、若い門人たちを説き伏せてくれたのである。

周助が思うに、半蔵は、相手が上《うえ》つ方《かた》というだけで盲従する愚か者とは違う。現に、上役の勘定奉行には逆らっているではないか。

定謙が南町奉行を務めるにふさわしい、ひとかどの男と見込んだからこそ、労を惜しまず合力しているのだ。

その心意気に水を差してはなるまいし、相手が本物の悪党と判じたときは俊平と晋助が手を出すまでもなく、独りで始末を付けてくれるはず。

そもそも、半蔵は派閥こそ違えど天然理心流の先達《せんだつ》。

同じ流派の剣を学ぶ仲間を信じきれずに、何とするのか。

周助はそう言って若い二人を説得し、半蔵との和解に導いたのだ。

半蔵としてはこの計らいに誠意を以《もっ》て報いなくては、罰《ばち》が当たるというもの。

以前と同様に試衛館で稽古をしてくれて構わないと知らせを受けて以来、半蔵は定謙の許を訪ねるたびに、未だに妾《めかけ》として囲っている、晋助と相思相愛の娘に暇《いとま》を出してやってほしいと頼み込んでいた。

定謙の信頼も厚い半蔵といえども、すぐさま承知させるのは難しい。

それでも近いうちに必ずや、首を縦に振らせてみせるつもりだった。

「何を考えておられるのですか、お前さま」

「いや……いろいろと、な」

さりげなく答えつつ、半蔵は箸《はし》を動かす。

食事の最中に考え事をするのは止めたほうがいい。

気の強い妻と一緒のときには尚のこと、気を付けなくてはなるまい。

とはいえ、今の佐和は以前ほどキツくはなかった。

「気がかりなことがお有りでしたら、ご遠慮のう申されませ。二度と私に隠し事はなさらぬお約束でありましょう？」

ぷっと佐和は頰を膨《ふく》らませた。

つい先頃までは些細《ささい》なことで眉《まゆ》を吊《つ》り上げ、がみがみ言っていたのが、何とも可愛《かわい》らしい態度を取るようになったものだ。

「まことに何でもないのだ……安心いたせ」

思わず微笑《ほほえ》みをこぼしながらも、半蔵は胸の内を明かそうとはしなかった。

何でも相談できるようになったとはいえ、女人には話しかねることもある。

朝っぱらから妾の話など持ち出して、どのように説得すれば定謙が解き放ってくれるのかと、策を練ってもらうわけにもいくまい。

それにわざわざ問うまでもなく、答えは察しが付いている。

定謙について、佐和から忌憚《きたん》のない意見を聞かされていたからだ。

豪放磊落《ごうほうらいらく》な質《たち》ながら情に厚く、単純なようでいて頭も切れる。陰険な水野忠邦に嫌われてさえいなければ、もっと早くに出世を遂げたに違いない——。

そんな半蔵の評価に首肯する一方で、若い妾を囲っている件に関しては、不快の念を露《あら》わにしたのである。

家名を絶やさぬために複数の男子を作るのが武家の習いとはいえ、定謙はすでに立派な息子を持っているではないか。

今さら赤ん坊など要らぬはずなのに、いつまで妾を手放さぬつもりなのか。

ただの助平心《すけべごころ》で、手許に置いておきたいだけと違うのか。

もしや定謙に倣《なら》い、妾を持ちたいと思っているのではあるまいか。

そう言って憤《いきどお》り、半蔵のことまで叱《しか》り付けたのだ。

何も佐和が潔癖すぎるわけではない。

武家に限らず町家においても、すべての正妻が本心から妾の存在を認めているわけではなかった。

浮気を許すのではなく、家名や屋号を譲る後継ぎを得るために女の腹を借りるだけのことと分かっていても、やはり気持ちの上では許しがたい。

女の悋気《りんき》とは怖いものである。

正室の御台所《みだいどころ》以下、下女まで含めれば数千の女たちが将軍の寵愛《ちょうあい》を巡って火花を散らす大奥においては尚のこと、半蔵には想像も付かない熾烈《しれつ》な争いが、日々繰り広げられているのだろう。

羨《うらや》ましいどころか、考えただけでも身の毛がよだつ。

妻一人の機嫌を取るだけで精いっぱいの半蔵に、幾人も妾を抱える甲斐性など最初から有りはしない。

それに、今は佐和以外の女など眼中に無かった。

祝言《しゅうげん》を挙げて、今年で十年目。

妻の魅力は、日を追うごとに増している。

このところ少々皺《しわ》が目立ち始めたのが、かえって愛《いと》おしい。

つい先頃までの佐和は半蔵の至らぬ点にいちいち激怒し、目を吊り上げて叱り飛ばすのが常だった。

まさか夫が影御用など命じられていたとは夢にも思わず、笠井家代々の平勘定の役目をいつまで経っても全うできずにいるのに苛立《いらだ》ち、自ずと厳しくせずにはいられなかったのだ。

気が張り詰めていれば、体は衰えぬものである。

容色も同様で、常にぴりぴりしていた頃の佐和は三十路《みそじ》に近いとは思えぬほど肌に張りがあり、皺ひとつ無かった。

だが、半蔵にとっては今のほうが余程いい。

佐和の容姿が年相応になってきたのは、安心して気が緩んだことの証《あか》し。

これまでの若さが、むしろ異常だったのだ。

一目惚れして笠井家に婿入りしたものの、不向きな勘定所勤めが何年経っても上手くいかずに悩んでばかりいた当時、衰えを知らない妻の美貌は魅力どころか負担でしかなかった。

半蔵よりも算盤を器用に使いこなし、勘定所の上役や同僚に対しても如才なく振舞える男と一緒になっていれば、妻はずっと心穏やかに暮らせたのではないだろうか。

不器用な上に後継ぎの子を未だに作れず、婿として最低限の役目すら果たせていない自分が、このまま笠井家で暮らしていてもいいものか――。

悩みが尽きなかったのも、今となっては過去のこと。

矢部定謙と知り合い、半蔵は己《おのれ》の力を発揮して人を助ける喜びを知った。

同時に算盤の修練もいちから積み直し、何とか一人前に平勘定としての御用が務まるまでになったのだ。

そんな半蔵の成長ぶりを目の当たりにしたことで佐和は安堵《あんど》し、新婚当時から張り詰め通しだった緊張が解けた。

その結果、年相応の穏やかな容姿になったのである。

以前と違って仲睦《なかむつ》まじくなったからには、いずれ子宝にも恵まれるだろう。

佐和以外の女人に目を向けるつもりなど、微塵《みじん》も有りはしない。

「さて、そろそろ出かけるといたすか」

「はい」

半蔵に促され、佐和は笑顔で立ち上がる。

膳を重ねて抱え持ち、廊下に出ていく足取りは軽い。

険の無くなった顔は、今朝も生き生きと輝いていた。

二

日本橋通りは神田の今川橋《いまがわ》から日本橋に至る、市中の目貫《めぬき》通り。

七町《ななちょう》（約七六三メートル）にも及ぶ道の両側には大店《おおだな》が軒を連ね、人の往来《おうらい》は日がな一日、絶えることがない。

駿河台《するがだい》の屋敷を後にした半蔵と佐和が、今川橋を渡り来る。

「今日も賑わっておりまするね、お前さま」

「さもあろう。この界隈《かいわい》と蔵前《くらまえ》が栄えてくれねば、たちまち我らの暮らしは立ち行かなくなるのだから、な……」

佐和の先に立って歩きつつ、半蔵は背中越しにつぶやいた。

旗本と御家人の禄米を買い上げて問屋に卸《おろ》す、蔵前の札差が市中の米の動きを握っているのに対し、日本橋の魚河岸とやっちゃ場には毎日おびただしい鮮魚と青物が集められ、小売りの棒手振《ぼてふ》りを介して八百八町の隅々にまで運ばれる。

午《ひる》に近い時分となれば、市場はそろそろ店仕舞い。

日本橋の手前まで行けば魚河岸の若い衆《し》が立ち売りの酒を痛飲し、喧嘩《けんか》騒ぎを引き起こすのもしばしばだが、今川橋寄りの一帯は売り手も買い手も整然としているので、女連れで歩いていても大事はない。

とはいえ士分である限り、往来で仲睦まじくするのは御法度《ごはっと》。夫婦であろうと手を繋《つな》ぐなど以《もっ》ての外《ほか》で、肩を並べて歩くことさえ憚《はばか》られる。

半蔵と佐和は前後になり、日本橋通りを進み行く。

照り付ける陽射しはキツく、まだ秋の気配は感じられない。

本白銀町《ほんしろかねちょう》まで来たところで、半蔵は立ち止まった。

視線の先には、汁粉屋《しるこや》の看板。

「少々休んで参るといたすか、佐和」

「はい」

戸惑いながらも、佐和は笑顔でうなずき返す。

以前の彼女であれば、まだ屋敷を出てから一里も歩いていないのに無駄遣いをするつもりかと怒り、半蔵を難儀させていただろう。

つい先頃まで、佐和は『笹《ささ》のや』に通って料理の仕込みを手伝い、お駒《こま》や梅吉《うめきち》と打ち解ける一方で、町場の人々の日常を覗く機会を得た。

それは小なりとはいえ直参旗本の妻、それも誇り高い家付き娘の佐和が、本来ならば知るはずもない世界であった。

お駒を半蔵の浮気相手に違いないと疑い、怒り狂って呉服橋《ごふくばし》の店に乗り込んだのをきっかけにして、世間を広くする機を得たのだ。

武家の女人の例に漏《も》れず、かつての佐和は江戸で暮らしていても庶民の暮らしにまで目が行き届いていなかった。民の上に立つ身分にあぐらを掻《か》き、気付かぬうちに下《しも》つ方《かた》を軽んじてもいた。

だが、今や違う。

いつの間にか半蔵以上に、佐和は市井《しせい》に詳しくなっていた。

「何としたのだ、顔が赤いぞ」

「いえ……」

二人が入った汁粉屋の奥には、狭いながらも座敷が設けられている。

店の小女《こおんな》に案内されるがままに通された半蔵には分からぬことだが、佐和は何のための部屋なのかを承知の上だった。

黙って付いてはきたものの、そわそわせずにはいられなかった。

男と女が忍び逢うのは、池之端《いけのはた》の出合茶屋ばかりとは限らない。

料理屋や船宿の二階は言うに及ばず、客が上がって飲み食いできる店の奥にはおおむね小《こ》座敷が設けられており、逢瀬《おうせ》ばかりでなく、密かに春を売る女たちにとっても稼ぎ場として重宝されていた。

何の気なしに『笹のや』の客の会話に耳を傾けていて知ったことだが、まさか初心《うぶ》な半蔵にいきなり連れ込まれるとは、思いも寄らなかった。

夫の求めに応じて帯を解くのは、妻たる者の勤め。

十年前に半蔵との縁談がまとまり、祝言の支度が進められる最中、そっと母親が渡してくれた物の本――男女の心得を説いた書物の中にも、

『殿御《とのご》の御寵愛勝《ごちょうあいすぐ》れて昼の房《ぼう》に入り給《たも》うことあれば、無下に拒み給うは情に背《そむ》き給うなり』

云々《うんぬん》と書かれていたのを、佐和は思い出していた。

以前ならばいざ知らず、今や拒む理由はない。

とはいえ真っ昼間から、しかも屋敷の外で睦《むつ》み合うのは気が引ける。

さて、どうしたものか――。

「遅いな……いつまで注文を取らずに、放っておくつもりかのう」

もじもじしている佐和をよそに、半蔵は焦《じ》れた様子で廊下を見やる。

小女が気を利かせ、二人きりにしてくれたとは考えてもいないらしい。

まだ陽も高いうちから佐和を求めるつもりなど毛頭無く、本当に甘味を求めて店に入っただけだったのだ。

気付いたとたん、ぷっと佐和は吹き出す。

「ど、どうしたのだ？」

「い、いいえ……」

佐和は口元を抑えつつ、身をよじらせた。

夫の初心さに呆《あき》れながらも、可愛いと思わずにいられない。

なぜ笑われたのか分からずにムッとする半蔵を宥《なだ》め、佐和は汁粉と冷たい麦湯を座敷に運ばせた。

「さぁお前さま、早う機嫌を直してお召し上がりなさいませ」

「うむ……」

むっつりしたまま、半蔵は朱塗りの椀《わん》に手を伸ばす。

応じて、佐和も椀の蓋を取る。

薄暗い座敷に、ほのかな湯気と甘い香りが漂《ただよ》い出た。

一口啜《すす》ったとたん、半蔵の顔がたちまち綻《ほころ》ぶ。

「うーむ……やはり汁粉は良いのう」

小豆《あずき》の皮を取り、砂糖を加えて切り餅《もち》を煮た汁粉は半蔵の大好物。

剣の修行に一途に励んだ武州の地で口にした、とろりとした餡《あん》入りの田舎汁粉やぼた餅も捨てがたいものだが、さらりとしていながら濃厚な、江戸風の甘味はやはりいい。

半蔵の機嫌が直り、佐和は一安心。

「お前さま、どうぞ」

箸先で器用に餅をつまみ、夫の口元に運んでやる。

「止《よ》せ止せ、照れ臭いではないか」

「構いませぬ。誰も見てはおりませぬ故」

「さ、左様か……うむ、美味《うま》いな」

浅黒い顔を赤くして、半蔵は餅を嚙み締める。

微笑みを浮かべつつ、佐和も慎ましやかに箸を動かす。

厳しい残暑もしばし忘れ、二人揃って甘味を楽しむ姿が微笑ましい。

塗り椀は程なく空になった。

ひんやりした麦湯が、口の中に残った甘味を心地よく洗い流す。

「されば、参るか」

「はい」

汁粉を堪能《たんのう》した二人は、笑顔で立ち上がった。

情を交わさずとも、愛情を確かめ合うことはできる。

水入らずで仲良く甘味を楽しんだ半蔵と佐和は、共に満足していた。

精悍《せいかん》で六尺近い大男の半蔵と、小柄ながら美貌の持ち主で均整の取れた佐和。

似合いの夫婦の仲は、もはや揺るぎないと思われた。

しかし、世の中は好事魔《こうじま》多し。

仲睦まじい様を先程から見張られていることに、佐和はもとより勘働きの鋭い半蔵も、気付いてはいなかった。

三

表に出た二人は、再び日本橋通りを歩き出す。

少し離れたところでは、一挺《いっちょう》の駕籠《かご》が慌ただしく反転しようとしていた。

辻駕籠ではない。

俗に女乗物と呼ばれる、武家の女人専用のものである。

木製の乗物は紋所入りの金物付き。全体が天鵞絨《ビロード》で覆われている。

となれば乗り手は大身旗本の奥方か、身分の高い大奥の女中に違いない。

「おのれ、佐和……」

朱唇《しゅしん》から呪詛《じゅそ》のつぶやきを漏らしつつ、引き戸の隙間から血走った目を前方に向けていたのは、大奥の御中臈《おちゅうろう》。

手足がすらりと長く、目鼻立ちは化粧も映える派手な造り。豪奢な裲襠《うちかけ》など着ていなくても、男ならば誰もが振り返らずにいられぬほどの美女だった。

千香《ちか》、二十七歳。

笠井家と同じく駿河台に屋敷を構える、大身旗本の娘だ。同い年の佐和とは、近所で育った幼馴染《おさなじ》み。幼い頃から何かにつけて張り合い、娘盛りの時分には旗本八万騎の家中で一番の美女の座を争ったものである。

大奥入りしたのは、佐和が婿を取るより少し前のこと。当時は将軍だった家斉公に見初《みそ》められ、一族の期待を背負って江戸城へ奉公に上がったのだ。

齢《よわい》を重ねた今も、生来の美貌は衰えを知らない。

なればこそ、数千もの女がひしめく大奥で力を得たのだ。

御中臈《おちゅうろう》は定員八名。大奥入りした旗本の娘たちの中から家柄と容姿の勝れた者が選ばれ、将軍や御台所の身辺の世話をする。

最高位の奥女中で幕閣ならば老中に当たる御年寄《おとしより》ばかりか、家斉の死去に伴い尼となった広大院《こうだいいん》——元御台所の近衛寔子《このえただこ》からも気に入られ、権力をほしいままにしている。

千香から見れば、佐和は欲が無いにも程がある。

在《あ》りし日の家斉が大奥入りを再三望んでも頑として応じず、たかだか百五十俵取りの笠井家を護るために、婿を取ることしか頭になかったのだ。

乗物の中から佐和を見かけた当初、千香は苦笑せずにいられなかった。

久しぶりに宿下がりの許しを得て、駿河台の屋敷へ向かう途中だった。

江戸城を後にして、日本橋から本白銀町に差しかかったところで、見知らぬ男と共に汁粉屋から出てきたところを、たまたま目撃したのである。

用人や供侍《ともざむらい》を召し抱えられるほど、笠井家の内情が豊かなはずはない。

とすれば、あの武骨な男は夫なのだろう。

夫婦揃って、装いは華美とは言いがたい。

かつて美を争った佐和も、さぞ所帯やつれしているはずだ。

大奥入りの話に応じていればよかったと、後悔しても後の祭り。

醜《みにく》くなったであろう顔を拝み、憂《う》さ晴らしに笑ってやろう。

期待を込めて目を凝らすと、その美貌には更なる磨きがかかっていた。

よくよく見れば年相応に老けてはいるが、柔和になった顔は明らかに、若い頃以上に魅力が増している。

殿御の情を受けずには得られない、満ち足りた表情だった。

この魅力を引き出したのは、何者なのか。

堅物で芝居見物もしたことのない佐和が、齢を経たからといって役者買いなどするはずがない。

では、あの武骨そのものの入り婿が、きつい佐和を変えたというのか。

（信じられぬ……）

千香は目を疑った。

将軍の意に沿わなかった佐和が、男より三歩下がって歩いているではないか。

長身の夫に付き従い、歩を進める足取りは慎ましくも軽やかそのもの。

伴侶と一緒の外出を、心から楽しんでいるのだ。

気付いたとたん、千香は激しい嫉妬《しっと》に駆られた。

本当に、あれは佐和なのか。

他人のそら似とは違うのか。

確かめようと急《せ》く余り、後を尾《つ》けさせずにはいられない。

「ええい、何をしておる！」

担ぎ手の陸尺《ろくしゃく》がもたついているのを、千香は苛立たしげに叱り付ける。

「早《はよ》ういたさぬか、早う！」

「ははっ」

「た、ただいまっ」

陸尺たちは慌てて答える。

苛立ちを抑え、千香は腰を据え直した。

ぐずぐずしていては、佐和がいなくなってしまう。

今の暮らしぶりを知りたければ駿河台に先行し、とぼけて屋敷を訪ねればいいのだろうが、そんな真似などしたくない。

千香は笠井家など及びもつかぬ、大身旗本の息女。

しかも、今や大奥で御中臈《おちゅうろう》に任じられているのだ。

たかだか百五十俵取りの家付き娘に未だに嫉妬し、詮索《せんさく》していると当の佐和に知られてしまっては、赤っ恥を掻く。

そんな恥を晒《さら》すぐらいならば、死んだほうがマシであった。

ともあれ、気付かれぬように後を尾けるべし。

千香の焦りをよそに、女乗物はがたがた揺れるばかり。

いつまでも反転しきれず、もたついているらしい。

一体、何を手間取っているのか。

痺《しび》れを切らした千香は引き戸を開き、身を乗り出す。

「そのほうら、いい加減に……！」

陸尺たちに怒声を浴びせようとした刹那《せつな》、美しい顔が凍り付く。

すぐ目の前でにやついていたのは、三十絡みの旗本。

「久しいの、千香殿」

「木島《きじま》様……」

「俺の名を覚えていてくれたのか。嬉しいのう」

唖然とする千香に、武士は明るく笑いかける。

木島泰之進《やすのしん》、三十一歳。

大奥入り前に求婚された、旗本の嫡男《ちゃくなん》である。

乗物の紋金物に目を付け、千香が乗っていると察したのだろう。

むろん、今となっては無縁の相手。

願わくば、二度と会いたくはなかった。

見た目こそ穏やかそのものの美男子だが、泰之進は罪作りな男。

千香ばかりか佐和にも執着し、両方から縁談を断られてもしつこく付きまとう一方で幾人もの女を泣かせ、金まで巻き上げていたという。

ただでさえ腹が立っているのに、こんな奴に邪魔をされては迷惑千万。

にやつく女たらしを、千香は視線も鋭く睨《にら》み返す。

「何故《なにゆえ》の狼藉《ろうぜき》ですか。お退《の》きなされ！」

しかし、対する泰之進は嬉しげに微笑むのみ。

「相変わらず気丈だのう。ま、そこが堪《たま》らぬのだが……な」

千香は背筋がぞくりとした。

冗談ではなく、本気で言っているから始末が悪い。

なぜ、こんな男しか寄ってこないのか。

「ようお聞きくださいませ、木島様……」

嫌悪感を覚えながらも、千香は冷静に語りかけた。

「貴方様と私はもとより関わりなき身。先を急いでおりますれば、どうかお引き取りくださいませ」

口調こそ静かなものだが、視線は鋭い。

斯《か》くも冷たい眼差《まなざ》しを向けられては、求愛するなど無理なこと。

それでも泰之進はめげなかった。

「はははは。縁が切れたと申すならば、再び結ぶまでよ」

臆面もない口上に、千香はカチンと来た。

「何を言うておられるのですか、馬鹿馬鹿しいっ！」

思わず声を荒らげても、図々しい男は平気の平左。

「安堵せい。儂《わし》にも分別というものはあるのだぞ。畏《おそ》れ多くも大奥の御中臈殿を強いて妻にしようとは申すまい」

「されば、早う退いてくだされ」

「承知した。ただし、そなたに想いを遂げた後で……な」

「は？」

「俺は手近な処《ところ》で構わぬぞ。先を急ぐと申すのならば、あの汁粉屋の奥で済ますといたすか」

「埒《らち》もないことを……」

呆れるのを通り越し、千香は腹が立ってきた。

この調子では、話にならない。

こちらは、早く佐和の後を追いたいのだ。

これ以上、くだらぬ男の相手をしている閑《ひま》は無い。

だが、乗物を動かすことは叶わなかった。

行く手を阻《はば》んだのは、泰之進の供をしていた若党と中間《ちゅうげん》。

「大人しゅうせい！」

「邪魔するんじゃねーよ、陸尺どもが！」

口々に脅《おど》し文句を発しながら、担ぎ手の四人を小突き回している。

あるじがあるじならば、家臣もひどい。

中間はもとより若党も武家奉公人らしからぬ、無頼漢じみた面々である。

こんなことになると分かっていれば、警固《けいご》の者を伴ってくるべきだった。

このままでは泰之進に引きずり出され、辱《はずかし》めを受けてしまう。

と、乗物が大きく揺れる。

妨害に耐えきれず、陸尺たちがよろめいたのだ。

そのまま乗物は路上に落ちた。

外れてしまった引き戸を踏みつけ、泰之進が腕を差し入れる。

「さぁ千香殿、存分に可愛がってつかわすぞ」

「くうっ！」

抱きすくめんとする泰之進に抗いつつ、千香は悔しげに呻《うめ》く。

斯くも破廉恥《はれんち》な旗本を野放しにするとは、目付衆は何をやっているのか。

鳥居耀蔵が束ねる小人目付《こびとめつけ》と徒目付《かちめつけ》は旗本と御家人の行状を監視し、悪事に及んだときは捕らえるのが本来の務め。近頃は水野忠邦の命を受けて江戸市中を巡回し、倹約令に反する者を取り締まる役目も担っている。

奢侈禁制《しゃしきんせい》を徹底させんとする老中首座の意を汲んで動く彼らが、江戸一の商業地である日本橋界隈を見廻《みまわ》っていないとは考えにくい。

まさか、この場に来合わせていながら見殺しにするつもりなのか。

十分に有り得ることだった。

かねてより、忠邦は大奥と対立中。

幕政改革の一環として大奥に介入し、多額の維持費の削減と縁故採用の根絶を目論《もくろ》んだものの、激しい反発を食らっている。

とりわけ忠邦が目の敵《かたき》にする相手は専行院《せんこういん》こと、お美代《みよ》の方。

亡き家斉公の側近を務めた中野清茂《なかのきよしげ》（石翁《せきおう》）の養女として大奥入りし、寵愛を受けたお美代の方は、剃髪《ていはつ》した今も江戸城中の二ノ丸にとどまり、変わらぬ権勢を振るっていた。

養父の清茂を始めとして、彼女が出世させた人物は数多い。実の父である智泉院《ちせんいん》の日啓《にっけい》も、在りし日の家斉公の後ろ盾を得て、地位を築いた一人であった。

お美代の方に気に入られている千香は、忠邦にとって邪魔な存在。

あるいは泰之進をそそのかし、襲わせたのではあるまいか。

宿下がり中に辱めを受けたと知れれば、もはや大奥には戻れない。

そう思い至ったとたん、千香はゾッとした。

もはや、意地を張ってはいられない。

「た、助け……」

声を上げようとした刹那《せつな》、泰之進がぐったりとのしかかってきた。

見れば、白目を剝いている。

何者かが背後から忍び寄り、当て身を浴びせたのだ。

「殿様っ⁉」

「な、何者だぁ、てめぇ！」

異変に気付いた若党と中間が、慌てて向き直る。

応戦したのは汁粉屋の前で先程見かけた、六尺近い精悍な男――佐和の夫。

大柄でありながら、体《たい》のさばきは敏捷《びんしょう》そのもの。

二人に得物《えもの》を抜く余裕を与えず、続けざまに拳を打ち込んでいく。

「うっ」

「ぐえ」

若党と中間が吹っ飛んだ。

半蔵が狙ったのは前頭部。

天然理心流に『柄《つか》の事』『鍔《つば》の事』として伝承される、抜刀せずに敵を倒す体術の応用だった。

直参たる者、往来でみだりに刀を抜くのは御法度。

しかも痴話《ちわ》喧嘩めいた騒ぎを鎮《しず》める程度のことで、わざわざ大立ち回りをするには及ぶまい。左様に判じての行動であった。

折しも佐和は町境《まちざかい》の木戸を超えた先の石町《こくちょう》新道《しんみち》にある小間物屋で、紅《べに》と白粉《おしろい》を選んでいる真っ最中。二本差しが女相手の店に入るわけにもいかず、表で待っていたところに争う声が聞こえてきたのだ。

三人を瞬時に打ち倒しておきながら、半蔵は汗ひとつ掻いてはいない。

最初に気を失った泰之進から順に抱えて、路傍に放り出す。意識を取り戻せば勝手に退散するであろうし、これ以上は痛め付けることもあるまい。

乗物の主は、だいぶ落ち着きを取り戻した様子である。

「御免《ごめん》」

半蔵は傍らに膝を突き、外れた引き戸を直してやった。

「大事ござらぬか、御女中」

「か、かたじけない」

千香はぎこちなく礼を述べる。

かつて佐和と張り合っていた旧敵とは、半蔵は知る由《よし》もない。

姓名を隠すべき相手であることにも、気付いてはいなかった。

「そのほう、名は？」

「笠井半蔵にござる」

慇懃《いんぎん》に名乗るや、引き戸を閉めて立ち上がる。

去り行く背中を、千香はじっと見つめていた。

美しい顔が、心なしか赤らんでいる。

「笠井……半蔵……」

勘定所勤めらしからぬ武骨な婿は、佐和にはもったいない強者だった。

四

小間物屋では、すでに佐和が買い物を終えていた。

「何かございましたのか、お前さま？」

「何も有りはせぬよ。さぁ、参ろうぞ」

半蔵は潑剌《はつらつ》と、先に立って歩き出す。

善行をした後は気持ちがいい。自ずと気前も良くなろうというものだ。

「次は越後屋か、それとも常陸屋《ひたちや》で珍しい菓子でも見繕《みつくろ》うといたそうか」

「もう十分にございますよ」

気を利かせて肩越しに問いかけるのに、佐和はにっこり笑って答える。

「まことか？」

半蔵は戸惑った声を上げる。

「遠慮せずとも良いのだぞ。欲しいものがあれば申せ」

「贅沢《ぜいたく》をしてはなりませぬ。今日のところは、このぐらいで……」

「されど、久方ぶりの外出《そとで》ではないか」

「では、中食《ちゅうじき》だけは済ませて帰るといたしましょうか」

にこやかに答えつつ、佐和は半蔵の前に出る。

脇を通るとき、大きな手にそっと触れたのは感謝のしるし。

高価な品々など買ってもらおうとも思わない。

愛する夫と共に、晴れ空の下をそぞろ歩くだけで気分は明るい。

それだけで十分に幸せだった。


日本橋を渡った笠井夫婦は、八丁堀まで足を伸ばした。

高札場の脇を抜け、西河岸町の角を曲がる。

行く手に見えてきたのは呉服橋。

向かった先は、橋詰近くの小さな店——屋号は『笹のや』。

お駒と梅吉が営む料理屋は、ちょうど昼休みの時分だった。

朝の客足が一段落して休憩し、夜の仕込みを始めるまでには余裕もある。

勝手知ったる店の前では、梅吉が水撒《みずま》きに励んでいた。

身の丈こそ低いものの華奢で色白、顔立ちも整っていると来れば、絵に描いたような色男ぶり。

着流しの裾をはしょり、柄杓を片手に水を撒く姿も決まっている。

それでいて気取ったところのない、口は悪いが好もしい若者であることを半蔵も佐和も知っていた。

「おっ、今日は揃ってお越しですかい？」

「急に訪ねてしもうて、相済まぬの」

「へっ、水くさいことを言うもんじゃねーぜ」

空にした桶《おけ》に柄杓を放り込み、梅吉はにやりと笑った。

佐和に呼びかける態度も、調子がいい。

「さぁ奥方様、狭い店《とこ》でござんすが、ずずいと奥へ」

そこに、ムッとした声が聞こえてきた。

「狭くて悪かったねぇ、梅」

「あ、姐《あね》さん」

たちまち梅吉はうろたえた。

通りの反対側から歩いてきたお駒は湯屋帰り。

化粧っ気のない顔は、明るい陽光の下では尚のこと幼く見える。今年で二十四になるとは思えぬほどだった。

「いらっしゃい、ご両人さん」

ばつが悪そうな梅吉をよそに、半蔵と佐和に会釈する。

「ご夫婦揃って、今日はお買い物ですか」

「うむ」

「やっぱり、旦那はお優しいんですねぇ」

つややかな洗い髪をさらりと掻き上げ、お駒は微笑む。

「あーあ、あたしも佐和様にあやかりたいなぁ」

無邪気に振る舞っているようでいて、半蔵に向ける視線は熱い。

それに気付かぬ佐和ではなかった。

にも拘《かか》わらず涼しい顔でいられるのは、年上の半蔵に寄せる想いは、妹が兄を慕《した》うようなものと察していればこそ。

「お邪魔しても構いませぬか、お駒さん」

「もちろんですよ。狭い店ですけどねぇ」

にっと笑って、お駒は障子戸を開く。

「姐さーん、もうそのぐらいで勘弁しておくんなさいよ」

ぼやきながら梅吉が後に続いた。

和気藹々《わきあいあい》の一同を、半蔵は微笑みながら見守っていた。

無邪気で明るいようでいて、お駒は天涯孤独《てんがいこどく》の身。

母親を亡くし、育ての父も殺された後に、上方で盗っ人稼業をしていた、若いながらもいっぱしの女賊《じょぞく》であった。

当時の仲間で、幼い頃から兄妹同然に育ったとはいえ、一歳しか違わぬ梅吉は兄と言うよりも弟に近い存在なのだろう。

当の梅吉も弁《わきま》えており、かつての親分の養女だったお駒のことを「姐さん」と呼んで、いつも立てるのを忘れずにいる。

そんな盗賊あがりの二人と笠井夫婦が知り合い、親しく付き合うに至ったのは奇縁と言っていい。

むろん、気楽なばかりの付き合いではなかった。

半蔵が護る矢部定謙は、お駒と梅吉にとっては親の仇《かたき》。

盗っ人一味の小頭だった梅吉の父親ばかりか大恩ある親分まで、かつて火盗改を務めていた定謙に斬り殺されたのだ。

手に余る相手は斬り捨て御免の火盗と対決した以上、命を落とす羽目になったのもやむなきことだが、身内を殺されて納得できるはずもない。

お駒の恨《うら》みは、とりわけ深いものだった。

養父の仇である定謙は、彼女にとっては実の父。矢部家に女中奉公していた母に手を付け、孕《はら》ませておきながら非情に屋敷から追い出したのだ。

そんな母を後添《のちぞ》いに迎え、生まれたお駒をわが子も同然に育ててくれた一味の親分、夜嵐《よあらし》の鬼吉《おにきち》は盗っ人ながら、ひとかどの男だったに違いあるまい。

されど半蔵としては、定謙を討たせるわけにはいかなかった。

どうすれば、お駒と梅吉に恨みを捨ててもらえるのだろうか。

難しいことだが、やらねばなるまい。

定謙と同様に、若い二人を護りたいと願うからには――。

昼下がりの陽射しが、窓に吊るした簾《すだれ》をじりじり焼いている。

風鈴の音に交じり、聞こえてくるのは明るい声。

二階に一席設けてもらった半蔵と佐和は、梅吉が腕によりを掛けた料理を馳走になっていた。

「こいつぁただの索麺《そうめん》じゃありやせんよ。さぁどうぞ」

「いただきまする」

「有難く頂戴いたすぞ」

自信満々の梅吉に勧められ、二人は箸を取った。

七月の江戸では、索麺が多く食される。とりわけ七夕《たなばた》には織姫と牽牛《けんぎゅう》に捧げると同時に、瘧《おこり》を防ぐまじないとしても欠かせない。

「うむ……」

「美味《おい》しゅうございますね、お前さま」

一口啜った顔を見合わせ、半蔵と佐和はにっこりする。

梅吉が供してくれたのは、摂津《せっつ》名産の灘目《なだもく》索麺。

細く、きめ細やかでありながらコシのある麺《めん》が申し分ない。

出汁《だし》はもとより、具も凝っていた。

添えられた小鉢に盛られているのは、刻んだ葱《ねぎ》と錦糸《きんし》玉子。

甘辛く煮た干し椎茸《しいたけ》に、揉《も》み海苔《のり》まで用意してある。

専《もっぱ》ら七味を振って啜るばかりの半蔵にとっては、大した馳走だった。

近頃は結構な料理を出してくれるようになった佐和も、たかが索麺にここまで工夫は凝らさない。

索麵など、所詮はサッと支度できてパッと平らげてしまう一品。そんなものに凝ることもあるまいという思い込みが、作る側にも食べる側にもあったのだ。

「成る程……このようにいたせば、幾らでも飽きずに食べられますね」

日頃の手抜きを自覚したかの如く、佐和はつぶやく。

そんな佐和に、お駒が無邪気に語りかける。

「あたしも手伝ったんですからね、佐和様」

「まことに結構なお味ですよ」

「あらまぁ、ほんとですか」

お世辞抜きで答えてもらうや、お駒は喜色満面。

「どうだい梅、褒められちまったよ」

「お世辞を無理強いしちゃいけやせんぜ」

自慢されても、梅吉は涼しい顔で受け流す。

「第一《でぇいち》、姐さんはちょいと索麵を茹《ゆ》でてくれただけじゃありやせんか」

「こいつ、何をお言いだい！」

「へへへへへ」

ぽんぽん言い合う二人を前にして、半蔵と佐和は微笑み合う。

弁解するかの如く、お駒が身を乗り出した。

「言っときますがね、灘目索麵ってのは茹でるのにもコツがいるんですよ」

「まことですか？」

「佐和様もご存じのことと思いますけど、茹でたての索麵はちょいと油の臭いが残っているでしょう」

「それは手延べで細くするために、胡麻油《ごまあぶら》を用いるからでありましょう。古物《ひねもの》は少々黴《かび》くさくもありますが、こちらは何も臭いませぬ」

「そこが工夫のしどころなんでさ、奥方様」

梅吉も話に割り込んでくる。

「上物の索麵も、油の匂いってやつだけはどうしたって残っちまう。だから水にしっかりさらして、揉むんですよ」

「まぁ、それでは伸びてしまうのではありませぬか？」

「ちょいと硬すぎるぐれぇに茹で上げりゃ、大丈夫なんでさぁ。そこんとこの勘働きだけは、うちの姐さんも大したもんでしてね……」

後の世まで受け継がれた、粉物をこよなく愛する上方の気風《きっぷ》は古来、小麦を多く産し、米代わりにして食いつなぐことを、どんなときも前向きに楽しむ姿勢に支えられていると言っていい。一椀のうどんや索麵を堪能する工夫を、作る側も食べる側も怠らないからこそなのであろう。

「うむ、うむ……」

「美味しゅうございますこと……」

舌鼓《したつづみ》を打ちながら半蔵は索麵を手繰《たぐ》り、佐和も負けじと箸を動かす。

山と盛られた索麵が、見る間に減っていく。

「がっつくんじゃないよ、梅」

「へっ、姐さんこそ……」

お駒と梅吉も、旺盛《おうせい》な食欲を発揮していた。

具を多めに摂れば、食事を索麵で済ませても滋養は取れる。暑い盛りに夏バテを防ぐには何よりの昼食だった。

程なく、桶は空になった。

具が盛りつけられていた小鉢にも、葱のかけらさえ残ってはいない。

「いやー、実に美味かったぞ」

「まことにご馳走さまでした」

口々に礼を言われて、お駒も梅吉もご満悦。

「こんなもんでよろしかったら、いつでもお越しくださいな」

「お待ちしておりやすぜぇ、ご両人さん」

半蔵と佐和を送り出し、夜の仕込みに取りかかる二人の顔は潑剌としている。

いずれは仇討ちを巡って半蔵と対立し、佐和を悲しませる羽目になってしまうのかもしれないが、あの夫婦と過ごす時間が心地良いのも事実。避けられぬときが訪れるまで、できるだけ仲良くしたい。

そんな前向きな気持ちで、残暑の続く毎日を過ごしていた。

平和な日常に思わぬ波紋《はもん》が拡がることを、四人の男女はまだ知らない。

第二章　悩める女夜叉《にょやしゃ》

一

心づくしの中食《ちゅうじき》を笠井夫婦が堪能《たんのう》している頃、千香は江戸城に戻っていた。
佐和への妬心《としん》は鎮《しず》まるどころか、燃え盛る一方だった。
なぜ、あんな女ばかりがいい目を見るのか。
いつまで自分は報われぬ立場のまま、齢《よわい》を重ねなくてはならないのか。
こんな気分でいては、実家に帰ったところで寛げまい。
憤然《ふんぜん》と御広敷《おひろしき》門を潜り、右手の七つ口《ぐち》の前に立つ。
その名の通り七つ（午後四時）に閉められる、大奥の通用口だ。
「おちか様!?」

千香が姿を見せるや、御切手書《おきってがき》の奥女中が驚きの声を上げた。

「こ、これはお早いお戻りで……」

広敷番の屈強な男たちも、緊張を隠せずにいる。

誰もが日頃は威厳を持って職務をこなす面々であるのに、千香が現れたとたんに顔色《がんしょく》を失っていた。

大奥と外部の境を見張る役目は、責任が重い。

将軍専用の通路である御錠口《おじょうぐち》の番も重要だが、通用口の七つ口では親族の面会を受け付け、出張販売の商人とのやり取りも毎日行われるため、男性を含む部外者の出入りが厳しく監視される。

七つ口から先には立ち入らせない規則が徹底されているとはいえ、万が一にも手違いがあってはならない。通行許可証を改める御切手書だけでなく、男の役人を常駐させる詰所まで設けられているのは奥女中の逃亡を阻止し、親族や商人を装った痴《し》れ者が行動を起こすのを事前に防ぐためだった。

厳格な番人たちが一瞬で蒼白《そうはく》になったのは、誰もが千香を恐れていればこそ。

格下の面々で、この女夜叉に逆らえる者はいない。

千香は並外れて気が強いばかりでなく、頭が切れて弁も立つ。

おまけに美貌の持ち主で、剣を取っても並の男より強いとなれば、容易に逆らえるものではなかった。

御年寄《おとしより》ら上《うえ》つ方《かた》から見れば一介の御中臈《おちゅうろう》でも、下《しも》つ方《かた》の者どもにとっては畏怖《いふ》の対象。姿を見れば緊張し、顔が強張《こわば》るのもやむなきこと。

それにしても、なぜ早々に戻ってきたのか。

御中臈は将軍に拝謁《はいえつ》することも許される、旗本の娘でなくては就けぬ職。同じ直参でも御家人の娘より格段に優遇される反面、御目見得以下ならば毎年決まった時期に宿下がりと称する休暇を与えられ、縁談が調《ととの》えば職を辞して嫁に行くのも勝手であるのに対し、生涯を大奥で過ごさなくてはならない。

籠《かご》の鳥にも等しい身にとって、病の療養という口実で許される臨時の長期休暇は何よりの命の洗濯のはず。

午前に大奥を出たばかりというのに、どうして早々に帰参するのか。

あれこれ文句を付けられずに済むため、千香の外出は他の奥女中や広敷番たちにとっても幸いなことだった。

思う存分に羽を伸ばして、刻限ぎりぎりまで戻らなければいい。ずっと留守にしてくれれば、こちらも気が休まるのに——。

そんな期待を裏切られ、御切手書も広敷番も困っていた。

出入りの商人が拡げた荷に群がり、櫛《くし》や笄《こうがい》、簪《かんざし》を手に取って品定めを楽しんでいた奥女中たちも、すっかり怯《おび》えてしまっている。

ただ一人、顔色を変えずにいたのは千香に付き添う初老の男のみ。

平川《ひらかわ》門で乗物を降りて曲輪《くるわ》内《うち》に入るとき、陸尺《ろくしゃく》の連絡を受けて迎えに出向いた広敷番である。

武骨な広敷番を従えた千香はにこりともせず、形の良い顎をしゃくる。

邪魔だから、道を空けろ。

唖然としたまま動けぬ一同を、無言の内に威嚇《いかく》したのだ。

「も、申し訳ありませぬ」

「どうぞお通りくださいませ、御中臈様……」

一同はサッと道を開けた。

商人たちも荷を抱え、あたふたと脇に退く。

相手の身分が高いのを畏《おそ》れただけではない。

日頃からチクチク嫌みを言われている奥女中と広敷番はむろんのこと、鑑札を得て大奥に出入りする商人たちも、千香の怖さは承知の上。

些細《ささい》なことでも気分を害せば、何をされるか分かったものではない。

まったく、とんだ疫病神《やくびょうがみ》である。

一斉に頭を下げた面々に目も呉《く》れず、千香は憮然《ぶぜん》と歩を進める。七つ口の脇で平伏する、初老の広敷番を労《ねぎら》うこともしなかった。

「……行かれましたね」

姿が見えなくなったとたん、若い奥女中がホッと吐息を漏らす。

いつも千香に説教されて泣いている、御中臈付きの女中だった。あるじも気の毒だが、下手に庇《かば》って自分まで標的にされてしまっては堪《たま》らない。

「げに恐ろしきお方じゃ。くわばら、くわばら」

猪首をすくめた中年の女中は御三之間《ごさんのま》と呼ばれる、出戻りの掃除係。同じ御家人の家に嫁いだものの離縁され、十年ぶりに復職したものの、以前は小娘にすぎなかった千香から仕事が粗いと毎日いびられている。久しぶりの大奥勤めで行き届かぬのも無理はないのに、叱られてばかりで参っていた。

「まこと、厄介な女夜叉殿ぞ……」

御切手書も、小声で忌々《いまいま》しげに吐き捨てる。

面会人の通行許可証を改める立場は役得が多い。

商人に大奥出入りの鑑札を発行するときに手心を加え、多額の賄賂《わいろ》を差し出す者を優先して私腹を肥やす御使番に及ばぬまでも、恋仲の奥女中が年に一度の宿下がりするのを待ちきれず、親族を装って面会にやって来る男がいれば、見逃す代わりに袖の下を要求できるからだ。

昼日中から不埒《ふらち》な行為に及ぶわけではないにせよ、御上を謀《はか》るのは罪。密かに男と逢ったことを脅《おど》しのネタにし、当の女中から口止めに金品を巻き上げるのも以前であれば容易《たやす》かったが、千香が目を光らせていては何もできない。七つ口に終日張り付いているわけでもないのに、不気味なほど監視は徹底していた。

大奥の風紀を守っているつもりなのだろうが、迷惑な限りである。

何か不祥事でも起こし、追放されてしまえばいい。

そう願っているのは、一人や二人ではなかった。

当の千香も、皆に嫌われているのは承知の上。

好きで強気に振る舞うわけではない。

少しでも手綱を緩めれば、だらけるのが目に見えていた。

ならば嫌われ役に徹し、陰口など好き勝手に叩《たた》かせておけばいい。

そこまで腹を括《くく》っているのだ。

むろん、油断は禁物である。

千香自身も落ち度の無いように、己《おのれ》を律する心がけが欠かせなかった。

大奥は、さまざまな女の情念が渦巻く伏魔殿《ふくまでん》。

肩書きばかり立派でも威厳《いげん》を伴わなければ、たちまち足下をすくわれる。

奉公してから十年間。多くの先輩が些細なしくじりで立場を失い、悲惨な末路を辿《たど》ったのを千香は目の当たりにしてきた。

同じ轍《てつ》を踏んではなるまい。

将軍のお手が付かぬまま時ばかりが経ち、焦りの日々を送ることを強いられていても、下らぬ欲に走るのは禁物。

つまらぬことで汚点が付けば、お手つき中臈となる悲願まで水泡に帰す。

何があろうと耐えねばなるまい。

とはいえ、渇きを覚えぬと言えば嘘になる。

女夜叉と渾名《あだな》を付けられていても、千香とて生身の女。

願わくば佐和の如く、男に愛でられて過ごしたい。

十年前は勝ったと確信していた。

家斉公の再三に亘《わた》る誘いに応じず、大奥入りの話を蹴った佐和は愚か者。

ならば自分が代わりに奉公し、必ずやお手つきになってみせる。

固く思い定めていたものの、家斉公はすでに亡い。見た目は佐和の上を行っているはずなのに目も呉れず、お美代の方ら他の女にばかり執着したまま、あっけなく逝ってしまったのだ。

逆に重く用いてくれたのは、御台所だった広大院。

家斉公が手を付ける気配が無ければ、安心して側に置ける。

そう言って御中臈に取り立て、身の回りの世話を任せるばかりか、格下の女中たちのお目付役も命じたのである。

期待に応えてはいるものの、千香としては面白くない限り。

色好みの夫を惑わす恐れがないから信頼できると言われては、自尊心をいたく傷付けられたのも当然至極。広大院との関係を維持しつつ、対立派のお美代の方に合力《ごうりき》するようになったのも、必然というものだった。

晩年の家斉公に寵愛《ちょうあい》されたお美代の方は、養父の中野清茂と結託する一方で実の父である日啓のためにも便宜を図り、新たに建立させた感応寺《かんのうじ》の住職に収まるように取り計らった。

雑司ヶ谷《ぞうしがや》の感応寺では、見目良く若い僧が選り取り見取《よどみど》り。

仏に仕える身に女犯《にょぼん》は御法度《ごはっと》だが、日啓はそんなことなど気にしない。天下の御法を恐れぬばかりか住職としての責も意に介さず、寺の僧たちに因果を含めて承知させ、祈禱《きとう》と偽って訪れる奥女中の床《とこ》の相手をさせている。在《あ》りし日の家斉公から多額の寄進を受けて創建され、いずれは将軍家の霊廟《れいびょう》を建てる話まで出ている寺で春を売るなど、本来ならば有り得ぬ事態。

何事もお美代の方が許しを与えていればこそ、可能なことだった。

千香が大奥の風紀を取り締まる立場でありながら、神仏を恐れぬ所業に対して見て見ぬ振りをするのは、これもやむなき仕儀と思えばこそ。

感応寺の僧たちと密通に及ぶのは、上位の奥女中のみ。

いずれも最初から将軍の相手に選ばれず、気まぐれに床入りを命じられたものの長続きしなかった、気の毒な者ばかりである。

オットセイに譬《たと》えられるほど精力絶倫《ぜつりん》だった家斉公とて、数千の奥女中すべてに情けを与えることなど、できはしない。

渇きを癒《いや》せぬまま一生奉公を強いられれば、心が壊れてしまう。

ならば悪しき所業と分かっていても、見逃すのが人情であろう。

されど、目下の者に甘い顔を見せてはなるまい。

数千もの女が暮らす大奥では、何かと揉《も》め事が絶えない。

表向きは友好なようでいて互いに腹を探り合う、広大院と専行院ことお美代の方の二大巨頭の関係はもとより、家慶公付きの上臈《じょうろう》御年寄である姉小路《あねのこうじ》の動きも気にかかる。

長きに亘って幕府を牛耳《ぎゅうじ》ってきた大御所の家斉公が没したのに伴い、名実共に将軍として地位を固めた家慶公の威を借りて威張り始めたのは、小生意気な口髭《くちひげ》を生やした水野忠邦だけではない。

忠邦が表の政《まつりごと》を仕切る立場ならば、姉小路は裏の老中。

女版の大御所と言うべき広大院にはさすがに手を出すまいが、女将軍を気取るお美代の方は、失脚させたくて仕方がないらしい。

事実、気鋭の寺社奉行と評判の阿部正弘《あべまさひろ》と結託《けったく》した姉小路は、このところ不穏な動きを見せつつあった。

もしや、感応寺の実態を白日の下に曝《さら》すつもりなのではあるまいか。

杞憂《きゆう》ならば良いのだが、油断はできない。

ともあれ早々に着替えを済ませ、勤めに戻ろう。

千香は二階に続く階段を上っていく。

裲襠《うちかけ》のさばきは力強い。

大奥なくして、自分に幸せは訪れまい。

そう信じればこそ、護らねばと心に決めていた。

二

七つ口は奥女中の居住区である、長局向《ながつぼねむき》に繋がっている。

「おや、おちかではないか」

二階に上がって早々に、声をかけてきたのは妙齢の美女。

千香よりもやや年嵩《としかさ》だが、﨟長《ろうた》けたという言い方がぴたりと当てはまる、麗々しい女人だった。

姉小路、三十二歳。

文化元年（一八〇四）に宮中から家慶公に嫁いだ、喬子女王《たかこじょおう》のお付きの一人として大奥入りし、五年前の天保七年（一八三六）には奥女中で最高位の上﨟《じょうろう》御年寄にまで上り詰めた女傑である。

すかさず千香は廊下に跪《ひざまず》き、恭《うやうや》しく一礼する。

もとより、表立っては逆らえぬ相手である。不審の念を抱いていても、態度に出すわけにはいかなかった。

姉小路は間近に立ち、優雅に語りかけてきた。

「そのほうは宿下がりをしたはずだが、忘れ物でもしたのかえ」

「考えを改めまして、急ぎ立ち戻った次第にございまする」

「たまさかの暇《いとま》と申すに、解《げ》せぬのう。それはまた、何としたのじゃ？」

「御用繁多《ごようはんた》の折にお休みを頂戴いたすのが、心苦しゅうございますれば……」

「ほほほ……。さすがじゃのう」

平伏したままの千香を見下ろし、姉小路は微笑む。

臈長けた美貌には京女、それも公家の娘らしい魅力が満ちている。

その美しさは齢《よわい》を重ねても健在で、あるじの喬子が亡くなった後、密かに家慶公と関係を結んでいるとの噂《うわさ》も絶えなかった。

この噂が真実ならば、感応寺の一件に劣《おと》らず由々しきことだ。

女人は三十を過ぎれば御褥御断《おしとねおことわり》と称し、床入りを求められても謹《つつし》んで辞退するのが常識。大奥といえども例外ではなく、婦道の習いと言うべき禁を破り、姉小路が家慶公と通じているとなれば大事だった。

しかし、肝心の証拠が出てこない。千香も密かに探っていたが、未だに確かな手がかりは摑めていなかった。

千香から見れば、姉小路こそ女夜叉。虫も殺さぬ顔をして優雅に振る舞う一方で抜かりなく、敵対するお美代の方の追い落としを画策している。

感応寺を潰せば不幸な奥女中たちの癒しが無くなると分かっていながら、非情に事を為そうとする辺りも憎たらしい。

できることなら、面と向かって文句を付けたい。

だが、相手は上臈御年寄。

下手に不興を買えば、千香が先に潰されてしまうのは必定《ひつじょう》。

それにしても三十路《みそじ》を過ぎていながら殿御に、しかも将軍に愛でられるとは何と羨《うらや》ましいことか。

千香も今年で二十七。

あと三年で、お手つきとなる機会は永遠に失われる。

日を重ねるごとに焦りは募る一方だったが、家斉公ばかりか家慶公もまったく関心を示してくれない。

一度も殿御と情を交わすこともなく、わが子を抱くことも無いまま、生涯を独身で過ごさなくてはならないのか。

そう思えば、堪らなくなるばかりの千香だった。

「まことに殊勝な心がけじゃ。そなたの陰日向《かげひなた》なき働きぶりには、妾《わらわ》も常々感じ入っておる」

千香の本音を知ってか知らずか、姉小路は無邪気に言葉を続ける。

「そなたはお清の鑑《かがみ》ぞ。向後も慎ましゅう己を律し、上様のお気を惹こうと鵜《う》の目鷹《たか》の目で狙っておる者共に、せいぜい範《はん》を示しておくれ」

「…………」

平伏したまま、千香は動かずにいる。

最高位の奥女中というだけで、圧倒されたわけではない。

表向きは将軍のお手が付くこともなく三十路を迎えた姉小路だが、実のところは家慶公の寵愛を得て美しさに磨きが掛かり、自信に満ちあふれている。

格の違いなど抜きにしても、今の千香では歯が立つまい。

感情にまかせて逆らえば、みじめになるだけのこと。

どんなにはらわたが煮えくりかえろうと、耐え忍ぶしかなかった。

「呼び止めてすまなかったのう……皆の者、参るぞ」

お付きの者たちを促し、姉小路は歩き出す。

裲襠の裾を優雅にさばき、廊下を進み行く姿は威風堂々。

昂然《こうぜん》と顔を上げていても、千香のような気の強さは感じさせない。

どこまでも雅《みやび》である一方、熟した女の匂いを放って止まずにいる。

やはり、姉小路は将軍の寵愛を得ている。

証拠など無くても、女の勘で断言できる。

そうでなければ、これほど自信を持てるはずがあるまい。

大奥で物を言うのは、身分や肩書きではない。

たとえ庶民の娘であろうと、将軍さえ夢中にさせれば勝ちなのだ。

正式なお床入りは許されずとも、家慶公がその気になれば昼日中から二人きりになれるし、お付きの者さえ口止めすれば、関係を続けるのも容易いはずだ。

真実を突き止めたところで、脅しをかけるわけにもいかなかった。

姉小路が大奥から追放されるまで、しかも速やかに事を運ばなくては、千香が逆に消されてしまう。

口惜《くちお》しくても、迂闊《うかつ》に動いてはなるまい。

姉小路の一行が通り過ぎるのを待って、千香は腰を上げる。

滅入ってばかりでは、身が持たない。

密かに頼んだ調べ事の答えが届くのを心待ちにしながら、常の如く大奥勤めに励むとしよう。

前向きに頭を切り換え、千香は廊下の先の私室へと向かう。

すでに昼八つ（午後二時）を過ぎていた。

日中の執務を終えた家慶公は大奥に渡り、休憩に入った頃。

速やかに身なりを正し、挨拶《あいさつ》に出向かなくてはならない。

目に留めてはもらえぬと分かっていても――。

三

二日と待たぬうちに、千香の求める情報はもたらされた。

「お待たせいたした、御中臈様……」

夜更けの私室に入ってきたのは、面構《つらがま》えも厳《いか》めしい初老の男。

過日に七つ口で先導役を務めていた、広敷番だ。

身の丈は五尺そこそこで千香より小柄だが、麻裃《あさがみしも》をまとった短軀は、がっちりしていて精悍《せいかん》そのもの。

「よく来てくれました。さ、近《ちこ》う」

千香は微笑みながら呼びかけた。

むろん声は低めているが、同室の者の耳目《じもく》を気にするには及ばない。

家慶公の添い寝役として、寝所に詰めているからだ。

大奥で個室を与えられるのは姉小路ら御年寄、そして将軍の寵愛を得ている者のみに限られる。御中臈といえども「お清」である限り、同僚と相部屋で寝起きをしなくてはならない。

千香と同室の御中臈は、過去に家慶公のお手が付いた女人。

子を孕《はら》むには至らぬまま三十を過ぎて個室を取り上げられ、むろん御褥御断となった上で寝所に詰め、屛風《びょうぶ》一枚を隔てたところで将軍が他の女と睦《むつ》み合う様子を余さず聞き取り、上に報告する役目を任されていた。

何とも残酷な話である。

同情を禁じ得ぬことだが、今宵《こよい》の千香にとっては好都合。

それぞれに抱えるお付きの下女たちには、最初から別室を与えてある。

もとより個室ではなく雑魚寝《ざこね》だが、どの者も昼間の疲れで早々に寝息を立てているので、気付かれる恐れは無かった。

二人きりの室内を照らすのは、微かな常夜灯のみ。

親と子ほども歳の離れた千香と向き合い、男は慇懃《いんぎん》に頭を下げた。

「面《おもて》を上げよ、室田《むろた》殿」

「ははっ」

室田と呼ばれた男は、すっと上体を起こす。

いかつい顔をしていながら一挙一動は折り目正しく、礼儀に叶っている上に隙が無い。不意に何者かが現れても、即座に動ける体勢を取っていた。

面前に座った初老の男を、千香は頼もしげに見返す。

室田伝兵衛《でんべえ》、五十五歳。

大奥を警備する、広敷伊賀者《いがもの》である。

徳川家の影の力として活躍し、家康公が乱世を終わらせるのに貢献した伊賀の忍びたちも、平和な時代に在っては無用の存在。江戸開府後は甲賀忍群《こうがにんぐん》と同じく大半の者が鉄砲百人組に編入され、大手三之門の警備と、寛永寺と増上寺に将軍が参詣する際の警固ぐらいしか、仕事を与えられずにいる。

天下太平の世に、将軍の暗殺を狙う痴れ者など現れるはずもない。形ばかりの役目を務めて二百年余り。忍びの技も絶えたと見なされがちな伊賀忍群だが、少ないながらも手練《てだれ》は残っている。

江戸城の非常口として西ノ丸に設けられた山里《やまざと》門を護る、山里伊賀者。将軍家所有の空き屋敷を見廻る、明（空）屋敷伊賀者。表向きこそ閑職だが、紀州忍群から成る御庭番衆《おにわばんしゅう》とは別に隠密御用を果たす、小普請《こぶしん》方伊賀者。

中でも江戸城の奥深くで執務する、伝兵衛ら広敷伊賀者は精鋭揃い。

男の役人の代表として大奥を管轄する留守居の配下に属し、将軍が渡ってくる御鈴《おすず》廊下と繋がる広敷向にふだんは詰めているが、ひとたび事件が起きれば男子禁制の習いを破り、女の園に立ち入ることを許されていた。

わずか三十俵二人扶持《ににんぶち》の軽輩ながら古参の広敷伊賀者で、留守居の信頼も厚い伝兵衛は、大奥の複雑な間取りと内情を承知している。その気になれば周囲の目を盗み、奥女中たちの居住区である長局向に推参するのも容易い。

老練の忍びを千香は恃《たの》みとし、折に触れて力を借りていた。

「私 事《わたくしごと》で調べを頼んでしもうて、すみませぬ」

「滅相もござらぬ……お役に立つならば何であれ、お申し付けくだされ」

「かたじけない」

重々しくも情のこもった答えに、千香は嬉しげに微笑み返した。

好き勝手には出歩けぬ身にとって、父の親友である伝兵衛は頼みの綱。

腕利きの忍びだけに、何事も安心して任せられる。

妻子を病で亡くして久しく、後添いも迎えずに独り暮らしをしているので無理も頼みやすい。

旗本の父は幼い頃に伝兵衛と同じ道場で剣を学び、共に稽古《けいこ》で汗を流すうちに友情を育んだ仲。現職の将軍だった当時の家斉公に娘を差し出し、出世の糸口にしようと企《たくら》む一方で軽輩の伝兵衛と成長しても疎遠にならず、家格の違いなど気にせず親しく付き合ってきた父のおおらかさが、千香の役に立っていた。

「さ、聞かせてくだされ」

「申し上げまする」

そっと千香に促され、伝兵衛は報告を始めた。

「名は笠井半蔵……今を去ること十年前、神田駿河台に代々屋敷を構えし笠井家に婿入りした身にござる」

佐和如きに勿体《もったい》ない婿は、当年取って三十三歳になるという。

十年前まで冠《かん》していた、旧姓は村垣《むらがき》。

御庭番十七家に属する、八代吉宗公の世から続く家柄だった。

佐和の夫は御庭番衆でも有数の出世頭――勘定吟味《ぎんみ》役から松前《まつまえ》奉行、作事《さくじ》個奉行と異例の出世を重ねた末に、晩年は勘定奉行にまで上り詰めた、村垣定行《さだゆき》の実の孫なのだ。

「それほどの家に生まれたならば、何も好きこのんで婿入りせずとも……」

「やむなき仕儀だったのでありましょう。旗本の御子《おこ》とは申せど、家督を継ぐ見込みが無くば、左様にいたすより他になかったことと存じまする」

「されば、半蔵殿は部屋住みだったのですか」

「いえ……」

ふと、伝兵衛は言い淀《よど》む。

折り目正しい態度こそ保ったままだが、なぜか言葉に詰まっていた。

常に淡々としている伝兵衛にしては、珍しいことである。

「何としたのですか。続きを」

「ははっ」

ためらいながらも、伝兵衛は一部始終を明かしてくれた。

半蔵の亡き母は、屋敷に奉公していた女中であった。

隠居した定行から村垣家を受け継いだ、範行《のりゆき》が手を付けたのだ。

珠代《たまよ》という名の母親は町人の出である上に身寄りがおらず、難産の末に半蔵を誕生させると同時に、不幸にも命を落としてしまったという。

せめて庶子と認められ、家督を継ぐには至らずとも、腹違いの弟の範正《のりまさ》のように分家して村垣の姓を継ぐことができていれば、まだ良かったのだろう。

半蔵にとっては義理の母に当たる範行の正室は一介の女中が夫を誘惑し、心を奪った上に赤ん坊まで孕むとは図々しいにも程があると激怒して、珠代を側室と認めるどころか、生前から敵視して止まずにいたらしい。

「哀《あわ》れな……」

千香は溜め息を吐いた。

長男とまでは行かずとも正室の子――嫡男として生まれていれば、佐和のような鼻持ちならぬ女とは、付き合うこともなかったに違いあるまい。

幼くして母を失った半蔵は村垣家に留め置かれたものの、きつい義母から日々虐待されていた。

村垣の姓を名乗らせる気など、最初から有りもしない。

夫との愛の結晶たる子を遺《のこ》し、あの世に勝ち逃げした珠代に対する怒りまで上乗せし、血の繋がらない幼子をいじめていたのだ。

「酷《ひど》い話ですこと……」

思わず千香は顔をしかめる。

今の姿から察するに、半蔵は幼い頃から丈夫な男児だったに違いない。

にも拘わらず、大切に育てるどころか、邪魔者扱いをするとは何事か。御庭番の名家の妻である以前に、女として失格と見なさざるを得まい。

命懸けの御用に就く御庭番は、軽輩ながら将軍直属の家臣。勝れた男児が誕生すれば、期待を寄せるのが当然だろう。

だが、父親の範行は恐妻家。

一家の当主でありながら、正室を窘《たしな》めることもできなかった。

そこで救いの手を差し伸べたのは、祖父の定行。

村垣の家に置いたまま忍耐を強いるより、伸び伸びと育ててやりたい。

左様に判じて幼い半蔵を武州の地へ送り出し、剣術一門を構える旧知の宗家に身柄を預けたのだ。

「天然理心流？」

聞いたこともない流派だった。

「ご存じないのも無理はござらぬ。江戸に根付いておるとは言いがたき、有り体《てい》に申さば田舎剣術にございますれば……」

「それにしては、なかなかの手練でありましたぞ」

「さもありましょう、御中臈様。無名の流派にこそ、真に手強き相手が多いのでござる。技の型も武骨なれど力強く、ただ敵を倒すことのみに重きを置いたものと聞き及んでおりまする。しかも半蔵は祖父御より忍びの術を仕込まれ、そちらの技倆《ぎりょう》も並々ならぬものと存じまする」

「成る程……」

伝兵衛の説明に得心し、千香はうなずく。

女の身ながら、千香は剣の腕にはそれなりに自信がある。

小太刀も薙刀《なぎなた》も、佐和に後れを取ったことは一度もない。

にも拘わらず木島泰之進にしてやられたのは、あの男が名門流派の剣の遣い手であればこそ。

性根が腐っていようとも、強い奴は強い。

口惜《くちお》しくても、千香の腕前では歯が立つはずもなかった。

数々の不遜な振る舞いと破廉恥な行いを咎《とが》められ、一門の恥と見なされて師匠から破門されて久しいらしく、以前と比べれば少々衰えてもいたが、千香に抗う隙を与えぬぐらいの技倆はまだ残っている。

配下の若党と中間も十分に非《あら》ざる面々なれど、凡百《ぼんびゃく》の侍では歯が立たぬ程度の腕っ節の強さは、十分に備わっていた。

それほどの連中を半蔵は一瞬のうちに、しかも素手で打ち倒したのだ。

侍同士の揉め事が喧嘩両成敗で、是非はどうあれ厳しく処分されると分かっていたため抜刀を避けたのだろうが、誰にでも為し得ることではあるまい。

もしも手刀の一撃で泰之進を昏倒させることができていなければ、間違いなく抜き打ちの一刀を浴びせられていただろう。

笠井半蔵は、たしかに強い。

実戦向けの剣術と忍びの術を併せ修めていればこそ、悪党ながら手練《てだれ》が揃った木島主従を瞬時に一蹴し得たのだ。

一生を勘定所勤めで終わらせるには、何とも惜しい人材だった。

伝兵衛の報告によると、半蔵の役職は平勘定。

大手御門内の下勘定所で働く、旗本としては下級の役人である。

笠井家に婿入りしたからには代々の勘定職を継ぐのが当然だが、とても向いているとは思えぬらしい。

これでは出世の望みも薄く、佐和をさぞ失望させているに違いない。

「うーん……重ね重ね気の毒ですこと」

勿体ない限りである。

あれほどの腕利きならば、抜きん出た剣の技倆と体力がもっと活かせる御役に就かせ、公儀のために一層励んでもらいたい。

いつの世も、組織では人材を適材適所に配するのが肝要《かんよう》だ。

やる気が出ない部署で嫌々ながら働かせるのは、給金の無駄というもの。

石頭の水野忠邦が無駄飯喰らいの集まりと見なして敵視する大奥とて、その点は変わらない。

武家の棟梁《とうりょう》たる征夷大将軍の後宮にふさわしく、厳しい規律の下で奥女中たちはそれぞれの役目に励んでいる。

とはいえ、千香が手綱を緩めれば即座にだらけてしまうのだが――。

「如何《いかが》なされましたのか、御中臈様」

「いえ……何でもありませぬ」

千香は気だるそうに首を振る。

しかし、落ち込んでいる閑《ひま》は無い。

伝兵衛が、最後に気がかりな話を持ち出したのだ。

半蔵は勘定所に勤めながら、密かに裏で事を為す立場に在るという。

「影御用？」

「梶野良材より命を受け、動いておるとの由《よし》にござる」

「梶野土佐守《とさのかみ》……あの油断のならぬ老人が……」

当年六十九歳の勘定奉行は亡き村垣定行と並ぶ、御庭番衆の出世頭だ。

来年は七十とは思えぬほど壮健で頭も切れ、老中首座の水野忠邦に重く用いられているものの、千香から見れば信用の置けぬ相手だった。

優秀な人材には違いあるまいが、好んで関わりたいとは思わない。

表向きは好人物そのものの良材も、実のところは腹黒い。

そうでなくては鳥居耀蔵と並ぶ、老中首座の懐《ふところがたな》刀には成り得まい。

そんな汚い男に、半蔵は裏で使役されているのだ。

（あの婿殿、上つ方に使われておったのか）

それが危ういことであるのを、千香は知っている。

御用と言えば聞こえはいいが、裏で汚い仕事に従事させられ、用済みになれば口封じに消されてしまう。

危ない橋を、何故に半蔵は好きこのんで渡るのか。

考えられる理由は、ひとつしかない。

半蔵は十年もの間、入り婿として暮らした身。

家を継がせる子を未だに為していないとなれば、肩身が狭いに違いない。

しかも、相手は佐和である。

見た目に騙《だま》されて婿入りし、尻《しり》に敷かれている可能性は大いに有り得る。

どれほど剣の腕が立とうと、婿は家付き娘に逆らえぬもの。

実家で冷遇されていたのであれば尚のこと、耐えるしかあるまい。

たとえ家庭で居場所が無かろうと、励み甲斐のある仕事をしていれば男は自尊心を保ち得る。

されど、笠井家代々の役目は勘定職。

鬼嫁にいじめられ、不向きな職に就かされていれば、募る不満を解消するために何か事を始めたとしてもうなずける。

とはいえ、邪悪な連中の片棒を担ぐことはないだろう。

（佐和め、婿殿に何をさせておるのじゃ……）

千香は腹が立ってきた。

武士の妻たる者、夫を支えるのが使命。

入り婿であろうと、大事にしなくてはなるまい。

しかも、半蔵は武骨で聞き分けが良さそうな男。何の不満があって、影御用に手を染めるほど追い詰めたのか。

このままでは、いけない。

「………」

千香は無言で目を閉じる。

暫時《ざんじ》の黙考を終え、双眸《そうぼう》を開く。

瞳《ひとみ》に宿っていたのは、揺るぎない決意。

「御中﨟様」

伝兵衛が心配そうに呼びかける。

「妾《わらわ》は決めましたぞ、室田殿」

返す言葉は力強い。

「何を、でありますか？」

訳が分からず、伝兵衛は困惑の色を浮かべる。

続いて千香が口にしたのは、思いも寄らない一言だった。

「半蔵殿には、妾のために働いてもらうとしましょう」

「何と……」

「後のことは妾が取り計らいます。任せなされ」

「さ、されど」

「これは室田殿にも善きことでありましょう」

伝兵衛の困惑を意に介さず、千香は微笑む。

「半蔵殿を取り込まば、貴殿に無理を頼むには及びませぬ。これより先は奥女中の行状にのみ、しかと目を光らせてくだされ」

「…………」

伝兵衛は黙り込む。

千香が本気であるのは、目を見れば分かる。

笠井家の佐和と千香は、幼い頃から張り合ってきた仲。

片や婿を取り、片や大奥入りを果たし、互いに顔を合わせることも無いままに十年もの時が過ぎ去った。

そして今、千香は久しぶりに佐和と張り合おうとしている。

出来のいい婿を取り上げ、合力させようと決めたのだ。

たしかに、実現すれば伝兵衛は有難い。

いかめしい外見をしていても、寄る年波で体はキツい。

人目を忍んで大奥に入り込むのも、そろそろ難しくなりつつある。

わが娘とも想う千香のために頑張ってはいるものの、何事も若い頃のようにはいかない。半蔵を味方に取り込み、老いた自分の代わりになってもらえれば大いに助かるというものだった。

しかし、気がかりなこともある。

伝兵衛にとっては娘も同然の千香だが、半蔵から見れば一人の女。

万が一にも二人が惚れ合えば、厄介なことになる。

その点だけは、釘を刺しておかねばなるまい。

「御中臈……いや、千香殿」

「何とされましたのか、室田殿？」

「ひとつだけ、念を押させてくだされ」

「まぁ、改まった物言いですこと」

見返す千香の表情は、無邪気そのもの。

存念を余さず明かしたことで、すっきりしたのだろう。

子どもの頃を思い出させる、美しくも可憐な顔になっていた。

そんな彼女が、伝兵衛は可愛《かわい》くて仕方がない。

なればこそ、軽はずみな真似をするのを防ぎたいのだ。

「されば、お尋ねいたしますぞ」

伝兵衛は重々しく問いかける。

ただでさえ怖い顔が、厳めしさを増していた。

幼いときから見慣れた千香は何ともないが、暗闇で不意に出くわせば誰もが腰を抜かすことだろう。

表情が険《けわ》しくなるのも、それだけ思い詰めていればこそ。

偽りを許さぬ決意も固く、伝兵衛は言葉を続けた。

「笠井半蔵を取り込まれるのは、拙者《せっしゃ》に代わって探索をお命じになられるためにございますな?」

「おかしなことを申されますのね。他に何の用向きがあるというのですか」

「いや……ならばよろしい」

伝兵衛は表情を和らげた。

これ以上、疑ってはなるまい。

大奥で父親代わりの自分が、信じてやらずに何とするのか。

しかし、子は親の思惑通りには動かぬもの。

まして、千香は女人である。

嘘偽りが罷《まか》り通る大奥で過ごして十年。

時と場合に応じて態度を装い、言を弄《ろう》することにも慣れきっている。

なまじ幼女の頃から接してきた伝兵衛は、まんまと騙されてしまっていた。

（佐和め、今に吠《ほ》え面《づら》を掻くがいい……）

安堵《あんど》した伝兵衛を送り出しつつ、千香は胸の内でつぶやく。

夜更けでなければ、思い切り笑い出したい心境だった。

佐和が蔑《ないがし》ろにしてきた婿殿を、こちらでいただく。

鬼嫁には為し得ぬ教育をしっかり施し、幕府のために役立ってもらうのだ。

それこそ愚かな考えであることに、千香は気付いていない。

半蔵と佐和がさまざまな出来事を乗り越え、夫婦仲が揺るぎないものとなって久しいとは、夢にも思っていなかった。

四

それから数日の後、千香は二名の要人と面談に及んだ。

招きを受け、七つ口に顔を見せたのは鳥居耀蔵と梶野良材。

先に口を開いたのは、白髪頭の良材だった。

「そなたが千香殿か。噂はかねがね聞いておるぞ」

「畏れ入りまする。ほほほほほ……」

人払いをした座敷で向き合い、千香は品良く微笑む。

一方の耀蔵は黙ったまま、じっと二人のやり取りを見守るばかり。顔立ちこそ地味なものだが、油断のならない男であった。

辣腕《らつわん》の目付と老獪《ろうかい》な勘定奉行は、四十六歳と六十九歳。千香から見れば、父親と祖父に近い年齢だ。

しかも、この二人は水野忠邦の懐刀と呼ばれる存在。

いずれも並の御中臈では手に余る、曲者《くせもの》だ。

されど、千香には勝算があった。

臆《おく》することなく、話を切り出す。

「土佐守様のご配下に、笠井半蔵と申される方がおられますね」

「よく存じておるのう……。左様、代々の平勘定じゃ」

千香を見返す良材の目は、七十前とは思えぬほど生き生きしていた。大奥でも指折りの佳人を前にして、年甲斐もなく浮かれているらしい。まだ五十前の耀蔵のほうが、よほど落ち着いていた。

二人の反応を見て取った上で、千香は言葉を続ける。

「仄聞《そくぶん》いたしましたところ、お奉行の御為に働いておられるとか」

「さもあろう。躬共《みども》の配下であるからのう」

「されど、近頃は御《ぎょ》されるのも難しいのではございませぬか」

「何と申す？」

すっと良材は目を細める。

ねっとりした視線を向けていたときとは一変し、訝《いぶか》しげにこちらを見返す。

応じて、千香は微笑み交じりに告げた。

「密なる命を果たさせるのも、至難のことかと申し上げましたので……」

「む……」

良材は慌てて表情を引き締める。

もとより、色惚《いろぼ》けなどしていない。

単に、最初は舐《な》めていただけのことだった。

才色兼備と評判を取っていても、所詮《しょせん》は女。三十路に近いとはいえ、良材から見れば小娘のようなものだ。

何の話か知らないが、目の保養かたがた会ってやろう。

そんな軽い気持ちで耀蔵と連れ立ち、足を運んできたのである。

連れの耀蔵はと見れば、ずっと口を閉ざしている。

千香が剣呑なことを言い出しても、態度はまったく変わらない。

最初から媚態《びたい》には毛ほども関心を示さず、どんな話を持ちかけてくるのか無言で待っているだけであった。

(面白い……)

無言で視線を向けてくる耀蔵を恐れもせずに、千香は婉然《えんぜん》と微笑み返す。

やはり、真の策士はこの男。

良材とて愚者ではあるまいが、明らかに一段劣《おと》る。

なればこそ耀蔵と手を組んで、矢部定謙を陥れようとしているのだろう。

伝兵衛の報告によると、半蔵は新任の南町奉行である定謙に肩入れし、良材の手を焼かせてばかりいるという。

耀蔵にとっても、半蔵は目障りな存在のはずである。いつまでも邪魔をされていては、定謙に取って代わり、南町奉行の座に就くことができないからだ。

幕閣《ばっかく》における彼らの立ち位置を、千香はもとより承知の上。

野心家と見受けられる耀蔵が、今のままで満足しているとは考えがたい。勘定奉行はともかく、目付の地位はそれほど高くない。寺社、勘定、町奉行の一角に入り込むことを、当然ながら望んでいるはず。

良材と結託し、定謙の後釜に座ろうとしているのは明白だった。

しかし、定謙は北町奉行の遠山景元と並んで市中の民の人気が高い。

去る六月二日に数寄屋橋の奉行所内で刃傷沙汰が発生したとはいえ、名奉行としての評判そのものにまで、傷が付いたわけではない。

幕閣全体としても事を穏便に済ませ、乱心者の同心が暴れただけのこととして処理することになったらしい。

耀蔵が旗本の犯罪を裁《さば》く目付であり、忠邦とも繋がっているとはいえ、他の老中たちが異を唱えれば、無理を押し通すのは不可能事。

騒ぎが起きた責任を定謙に押し付け、責を取らせて辞職させようとしたところで思惑通りに事は運ぶまい。

振り出しに戻った以上、やはり邪魔なのは半蔵の存在だ。

密かに斬ってしまおうにも、相手は手練。

耀蔵配下の御小人目付衆がいかに強かろうとも、実戦剣と忍術の遣い手を倒すのは至難のはずだ。

事実、半蔵はまだ元気そのもの。

耀蔵と良材もこれまでに数々の策を弄し、抹殺《まっさつ》しようとしたのだろうが、命を落とすどころかぴんぴんしている。

他の者ならば、早々にお陀仏になっていてもおかしくない。

辣腕の目付と老獪な勘定奉行を敵に回しても無事でいられるほど、あの武骨な男は強い。

なればこそ、千香も我がものにしたいのだ。

「力押しで攻めたところで無理なこと……左様ではありませぬか？」

良材が半蔵にかねてより影御用を命じていたものの逆らわれ、今や飼い犬に手を嚙まれた状態であるのを指摘した上で、千香は自信を込めて持ちかけた。

「ううむ……よくぞ調べ上げたものだの」

白髪頭を振って、良材は苦笑する。

と、耀蔵がおもむろに口を開いた。

「して、千香殿は何となされるご所存か」

「女にしか為し得ぬ策を用いまする」

即座に返したのは、あらかじめ用意していた答えだった。

「成る程……色仕掛け、にござるか」

冷たい表情を変えることなく、耀蔵はつぶやく。

「されど千香殿、そなたは市中に出るのもままならぬのではないか」

「ご安堵くだされ、鳥居様」

千香は不敵に微笑み返す。

「病を得たと願い出れば、お暇を頂戴いたすのも易《やす》きことにございます」

「成る程、物は言い様ということか」

耀蔵は淡々とつぶやいた。

傍らの良材も、満足げにうなずいている。

むろん、二人ともお人好しではない。

「して、千香殿は何をお望みかの?」

さりげなく、良材が問うてきた。

半蔵を誑《たら》し込む見返りに、どんな便宜を計らってほしいのか。千香は取り引きを持ちかけてくるに違いないと察した上で、確認を取ってきたのである。

これもまた、思惑通りの展開だった。

「何をお願い申し上げても構いませぬのか、土佐守様ぁ」

上目遣いに良材を見返す、千香の口調は甘い。

色仕掛けなど無駄なことと分かっていながら、耀蔵にもお愛想で視線を向けるのを忘れなかった。

「苦しゅうない。躬共に為し得ることならば、何なりと申されよ」

案の定、良材はだらしなく目尻を下げる。

この老人さえ味方に付ければ、耀蔵も首肯せざるを得まい。

「心強い限りにございまする。されば……」

しばし考える振りをした上で、千香は朱唇《しゅしん》を開く。

「感応寺には何卒《なにとぞ》お構いなきよう、伊勢守様に釘《くぎ》を刺してはいただけませぬか」

「寺社奉行の阿部のことかの」

「はい。お若くして重き職に就かれし、美男と評判の御方にございまする」

阿部正弘は当年二十三歳。

天保九年（一八三八）に奏者番《そうじゃばん》となったのを皮切りに、二年後には見習いを経て寺社奉行の職に就いている。若いのに太り肉《じし》だが造作は整っており、近頃の幕閣に珍しい美男子だと、大奥でも噂が飛び交っていた。

わざと千香が褒めたのは、良材の妬心をくすぐるのが狙い。

ただでさえ、若輩は敵視されがちなもの。

更なる嫉妬を込めるように仕向けた以上、一層張り切って押さえ込んでくれるに違いない。

ともあれ、これで目星は付いた。

後は良材に影御用を命じさせ、表におびき出せばいい。

密命とはいえ、役目となれば半蔵は逆らえまい。

こちらの望むがままに調教し、骨抜きにしてやるのだ。

（佐和め、後で吠え面を掻いても遅いぞ……）

良材と段取りを付けながら、ふっと千香はほくそ笑む。

悪しき企みを、当の半蔵はまだ知らない。

五

その翌日、半蔵は久々に影御用を命じられた。

午前の勤めが一段落し、同じ用部屋の面々と中食を摂っていたところに良材の呼び出しがかかったのだ。

下された密命は、療養のためにしばらく宿下がりをすることになった、大奥の御中臈の身辺を警固すること。

かねてより、何者かに命を狙われているというのだ。

訳の分からぬ話である。

「何故に拙者が奥女中を護らねばならぬのですか、お奉行……？」

「余計なことを申すでない。おぬしは言われた通りに動けば良いのだ」

有無を言わせず命じるや、良材は席を立った。

半蔵の前に置いていったのは、前払いの報酬。

袱紗《ふくさ》を開いてみると、小判が三枚。良材が自腹を割いたわけではなく、依頼主の奥女中があらかじめ託してくれたとのことだった。

半蔵が影御用を果たして受け取る額は、日に一分《いちぶ》の取り決め。

一両は四分に当たるため、向こう十二日の間は働けと命じられたことになる。

気の進まぬ役目であった。

影御用を命じること自体、そろそろ止めてほしいものだ。

今の半蔵は、以前とは違う。

もはや鬱屈《うっくつ》など微塵《みじん》も抱えておらず、家庭と職場の憂《う》さを晴らすために、剣を振るいたいとは考えてもいない。

腕前に過剰な自信を持ち、誰と戦っても負けはしないといきり立っていた頃を思い起こせば、恥ずかしい限りだった。

三村《みむら》兄弟を始めとする敵と渡り合い、幾度も修羅場を潜った結果、半蔵は己が大して強くはないのを自覚した。

武士の本分たる刀鑓《とうそう》の稽古を怠け、体がなまった凡百の侍を相手に後れを取ることは無いものの、人斬りに慣れた者に勝ち目は薄い。

耀蔵が子飼いにしている剣客たちの中でも抜きん出た手練である、三村左近《さこん》と右近《うこん》を未だに倒せぬのも、そのためだ。

幸いにも、あの二人は目立った動きをしていない。

南町奉行所では過日の騒動も鎮まり、見習い同心に戻った右近は何食わぬ顔で御用を務めている。

できれば排除すべきだったが、定謙は耀蔵が有為の人材として寄越した右近を獅子《しし》身中《しんちゅう》の虫と見なそうとはせず、未だに職を解こうとしない。

他ならぬ定謙が除くことを望まぬ以上は、半蔵としても勝手に勝負を挑むわけにいかなかった。

兄の左近は、まったく姿を見せない。

飼い主の耀蔵から別件を任され、どこか半蔵の知らないところで暗躍しているのだろうか。

いずれにせよ、油断してはなるまい。

佐和と長閑《のどか》に暮らしながらも、半蔵は気を抜いてはいなかった。

南町奉行所と定謙の身辺にそれとなく気を配る一方で、再び通い始めた試衛館で俊平や晋助と竹刀を交え、天然理心流に独特の太い木刀を用いての形稽古にも取り組んでいる。

久々の稽古に励んだ甲斐があってのことか、この一廻り（一週間）で心なしか体も引き締まってきた。

充実した日々の平穏を乱す影御用など、やりたくもない。

どんな奥女中か与《あずか》り知らぬが、厄介な話を持ち込んでくれたものだ。

愚痴《ぐち》り出せばキリがないが、勘定所に勤めている限りは逆らえまい。

良材は勘定奉行であり、半蔵は配下の平勘定。

この力関係から脱しなくては、文句も言えない。

だが、さすがに職を辞するわけにはいかなかった。

笠井家は代々の勘定所勤め。さかのぼれば、戦国の昔から徳川家に算勘の才を以て仕えてきた一族なのだ。

微禄ながらも名誉なことと佐和が誇りを持っている以上、耐えるしかない。

以前は苦痛なだけだったが、夫婦仲が日を追うごとに良好となり、揺るぎないものとなった今は、辛抱《しんぼう》する甲斐もある。

「さて……」

半蔵は手を伸ばし、袱紗ごと小判を懐に収める。

それにしても、奇妙なものだ。

影御用に熱中していた当時の半蔵は、日がな一日机に向かってばかりの勘定所勤めが嫌で堪らなかった。

同じ勘定奉行の配下ならば関東取締出役《かんとうとりしまりしゅつやく》に抜擢《ばってき》され、腕に覚えの技を振るって関八州にはびこる悪党どもを思い切り退治したい。そんな願望を抱きつつ、砂を噛むような想いで日々を過ごしていたものである。

さすがに佐和に愛想を尽かされては困るため、非番の日には自宅で算盤《そろばん》の稽古に励みもしたが、気が入らなければ上達するはずもない。

思い起こせば、間抜けな限りであった。

平穏な日常に倦《う》んでいたがために、半蔵は悪しき輩《やから》に付け込まれた。

穏やかに続く毎日こそが大事なのだと分かったからには、二度と愚かな真似をしてはなるまい。

上つ方の邪《よこしま》な思惑になど乗せられず、勘定所勤めにきっちり励んだ上で、佐和と幸せに暮らすのだ。

しかし、敵も甘くはない。

懲りずに定謙を陥れる手伝いをさせようとするのかと思いきや、まさか奥女中の警固を命じてくるとは考えてもいなかった。

(厄介なことを押し付けてきおったな……)

気の進まぬ話だが、やるしかあるまい。

半蔵は溜め息を吐きつつ立ち上がる。

用部屋に戻ったら腹痛を装い、早退《はやび》けをしなくてはならない。

食べかけのまま置いてきた弁当を無駄にしてしまうのも心苦しいが、それにも増して嫌なのは、職場の皆から不興を買うこと。このところ影御用を命じられる折も絶え、せっかく組頭や同僚たちの受けも良かったのに、またしても怠け者と見なされてしまう。

算盤を弾《はじ》く指もノッてきたというのに、迷惑な限りであった。

それとは別に気になるのは、ここ数日、何者かが身辺を探っていたこと。

職場への行き帰りばかりでなく、稽古をしに試衛館まで出向くときにも、誰かに見張られているような気がしていた。

三村兄弟ならば悠長な真似などせず、隙を突いて襲ってくるはず。

思い過ごしかもしれないが、新たな影御用に取りかかろうというのに妙な奴に付きまとわれては障りになる。

さて、何としたものか――。

思案をしながら、半蔵は廊下に出る。

孫七《まごしち》は例によって、何食わぬ顔で敷居際に座っていた。

勘定奉行付きの若い小者は、御庭番くずれの忍びの者。

御庭番といっても、孫七は下忍の身。

十七家の上忍たちに酷使されるのに耐えかねて抜け忍になり、始末されかけたところを良材に助けられ、小者になりすまして追っ手を欺きながら、恩を返そうと働いている。半蔵の行動を監視することも、大事な役目のひとつだった。

(ここにも五月蝿《うるさ》い奴がおったな……)

うんざりした顔になりかけた刹那《せつな》、半蔵は妙案を思いついた。

「いい陽気だのう、孫七」

歩み寄りながら呼びかける口調は、快活そのもの。

付きまとっているのが誰であれ、忍びの者には歯が立つまい。そちらの始末を任せておけば、厄介払いができて一石二鳥というものだ。

佐和との平和な暮らしを守るためには、良材の密命も無下に断れない。

悩むより先に行動し、速やかに片を付けてしまうべきだろう。

斯様《かよう》に頭を切り換え、前向きに動き出した半蔵だった。

その頃、千香は外出の支度に余念がなかった。

美しくも険しい顔が、今日はどことなく華やいでいる。

紅を塗り直す小指の動きひとつを見ても、生き生きしていた。

千香の機嫌が良いのは、他の奥女中にとっても嬉しい限りだ。

一日だけのことではなく、しばらく大奥を留守にしてくれるとなれば、喜びもひとしおというもの。宿下がりを改めて願い出た理由は定かでないが、ともあれ当分は小言を頂戴せずに済む。

誰もが安堵し、千香がいなくなるのを心待ちにしていた。

そんな周囲の反応にも気付かず、千香は美々しく粧《よそお》うのに夢中だった。

ようやく支度が調い、廊下に出る。

と、馴れ馴れしく声をかけてきたのは姉小路。

「また宿下がりかえ、おちか？」

「失礼いたしまする……」

慇懃《いんぎん》に一礼し、千香は速やかに歩き出す。

その背に向かって、姉小路は微笑み交じりに告げてくる。

「そなた、男と忍び逢うのだな」

「えっ……」

千香の表情が強張った。

これでは動くに動けない。向き直れば、すぐに顔色を読まれてしまう。

「ほほほほほ。冗談、冗談じゃ」

思わず立ち往生《おうじょう》した様を眺めながら、姉小路は満面の笑みを浮かべた。

「羽目を外すのは構わぬが、無茶をしてはなるまいぞ。水も男も、乾ききった身には毒であるからのう」

「…………」

振り返ることなく、千香は憤然と廊下を進み行く。

七つ口を後にしても、はらわたは煮えくりかえっていた。

優美な顔をしていながら、下品な嫌みを言うものである。

腹の中が真っ黒な女になど、いつまでも負けてはいられない。

自分にも殿御は誘惑できる。

馬鹿にするのも、いい加減にしろ。

必ずや笠井半蔵を虜《とりこ》にし、意のままに操ってやる。

美しき女夜叉の決意は揺るぎない。

愛妻との仲を裂かんとする意地を、当の半蔵はまだ知る由もなかった。

第三章　男心は揺れる

一

「ううむ……」

大手御門から姿を見せた半蔵は、足取りがおぼつかない。

大きな体をふらつかせ、見るからに苦しげに歩いている。

久々の影御用に出向くために腹痛を装った半蔵を、組頭と同僚の平勘定たちは疑うことなく、体を大事にせよと早退させてくれた。

馬鹿正直な半蔵が芝居を打ち、皆を騙《だま》して大奥の女中に会いに行ったとは、誰一人として考えていない。

仮病を使ったときは、職場から十分に離れるまで油断は禁物。

昼下がりの陽光にきらめく御濠《おほり》を横目に、よろめきながら半蔵が向かった先は呉服橋の『笹のや』。

奥女中が待つ料理茶屋へ出向く前に、着替えを済ますためである。

勘定所で働くときの麻裃に半袴、熨斗目《のしめ》の着物という格好では、暑すぎる上に動きにくい。何を措いても、まずは身支度を調《ととの》えなくてはなるまい。

半蔵は影御用を命じられて職場を抜け出すたびに、店で保管してもらっている衣装に着替えるのが常。

こたびも着衣を改め、軽快な装いとなって事に当たる所存だった。

気が進まぬ役目だからといって、手を抜くつもりなど微塵《みじん》もない。

命じてきた良材がどれほど胡散臭《うさんくさ》くても、その奥女中が警固《けいご》を必要としているのが事実ならば、それでいい。

邪《よこしま》な奉行から無理強いされて動くのではなく、助けを求める弱者のために腕を振るうと思えば、自ずと張り合いが持てるというもの。厄介事を押し付けられたと腐ることなく、持てる力を尽くすべし。

斯《か》くも前向きな発想で、よろめきながらも力強く歩を進めていた。

程なく『笹のや』が見えてきた。

まだ縄暖簾《なわのれん》は出ていない。

曲げていた腰を伸ばし、半蔵は上体を起こす。

障子戸越しに耳を澄ませても、物音ひとつ聞こえなかった。

お駒と梅吉は中食《ちゅうじき》を済ませ、仕込みの前に昼寝でもしているのだろう。

店を開いてもうすぐ二年になる『笹のや』では、早朝から仕事に出かける棒手振《ぼて》りの行商人や力仕事の人足に一碗十六文の丼物を提供し、休憩を挟んだ上で夜の商いの仕込みに取りかかるのが常。

夜明け前から忙しくしていれば昼下がりに眠くなるのも当然であるし、無理に起こしてしまうのは心苦しい。

すっと上体を巡らせ、半蔵は店の裏手に回る。

路地に面した勝手口には、戸を固定する心張《しんば》り棒も掛かっていない。

音を立てずに障子戸を開き、半蔵は土間に入り込む。

案の定、二人は寝息を立てていた。

仲良く並んで飯台に突っ伏し、眠りこける様が微笑《ほほえ》ましい。

足音を殺し、半蔵は二階に上がっていく。

汗に濡れた裃と熨斗目を脱いで畳み、備え付けの行李《こうり》から出した筒袖と野袴に装いを改める。

黒染めの着物は袂《たもと》が付いておらず、袴も細身の仕立てで動きやすい。

茶染めの羽織を重ねて着けたのは、一応の礼を尽くすため。

できれば略したいところだが、相手は大奥の御中臈《おちゅうろう》。残暑厳しき最中とはいえ略装で罷《まか》り出るわけにもいくまい。

着替えを終えた半蔵は脇差《わきざし》を帯前に差し、解いた下緒《さげお》で刀を背負う。

脱いだ裃と熨斗目は風呂敷に包み、背中にくくりつける。

常の如く一晩で済む役目ならば終わった後に戻ればいいが、こたびの警固役は相手次第で幾日かかるか分からない。念のために、着替えは持っていったほうがいいだろう。

ともあれ、身軽な装いと成った上は表に抜け出すのみだ。

半蔵は背伸びをし、天井の羽目板をそっと外す。

現れた抜け穴は、盗っ人あがりのお駒と梅吉が不測の事態に備え、店を構えたときに設けた非常口。半蔵も二階を影御用の支度に使わせてもらうようになって以来、人目を忍んで出て行くのに重宝させてもらっていた。

階下に降りなかったのは、熟睡している二人を起こさぬためだけではない。

気配を漂わせるばかりで姿を見せない尾行者を攪乱《かくらん》すべく、半蔵は屋根伝いに移動するつもりだった。

在りし日の定行から忍びの術の手ほどきを受け、亡き後も剣術の稽古《けいこ》の合間に怠ることなく修練を積んできた半蔵は、大柄でも身が軽い。

梁《はり》に摑まって体を引き上げ、抜け穴から屋根に出る。

陽に焼けて熱くなった瓦を軽く踏み、巨軀を躍らせる動きは敏捷《びんしょう》そのもの。

足を踏み外すこともなく屋根から屋根へ飛び移り、頃や良しと見て降り立ったのは一町先の路地。

しかし、相手は一枚上手。

襟を正して半蔵が歩き出すのを見届け、路地に降り立ったのは室田伝兵衛。

初老と思えぬ身の軽さは、長年の鍛錬の賜物《たまもの》。剣術はともかく忍びの者としての技倆は、明らかに上を行っている。

死角に身を潜めていた孫七も、隙を見出すことはできなかった。

（さすがは伊賀者でも指折りの手練《てだれ》ぞ。半蔵が気付かぬのも無理はあるまい）

伝兵衛を見送りつつ、孫七は胸の内でつぶやく。

半蔵の頼みを聞き入れ、尾行者の出現に備えて張り付いていたのだ。

かつて御庭番の一員だった孫七は、同じ忍びの者として幕府に仕える伊賀忍群の顔ぶれを把握済み。伝兵衛のことも知っており、老いても侮《あなど》れぬ腕利きと伝え聞いていた。

それにしても、半蔵を尾行して回る理由が分からない。

影御用を命じられる立場であるのを見抜かれたとしても、伝兵衛が制裁に動く必要は皆無のはずだ。

伊賀忍群も御庭番と同様、将軍と幕閣《ばっかく》の意向に従って行動する。

今の幕府で主流を為しているのは、老中首座の水野忠邦。

そして梶野良材は目付の鳥居耀蔵と並ぶ、忠邦の懐《ふところがたな》刀だ。

半蔵に命じる影御用にしても、忠邦のために、ひいては幕府のためにやらせていることなのである。伊賀者を差し向けられる理由にはなるまい。

疑問は尽きぬが、深追いは禁物だった。

若い孫七にとっても、伝兵衛は手強い相手。

下手に刃を交えれば無事では済むまいし、敢えて争う気もない。

とりあえず今日のところは、半蔵がこれまで察知できずにいた尾行者の正体が分かっただけで良しとすべきだろう。

左様に割り切り、孫七は去っていく。

ひとまず退散したのは、伝兵衛が殺気を漂わせていなかったからである。

尾行する目的が何であれ、半蔵に危害を加えるとは思えない。

そもそも孫七は半蔵のお目付役であり、用心棒には非ざる立場。

もしものときは自力で切り抜けさせればいい。

(しっかりやるのだぞ、婿殿《むこどの》)

胸の内でつぶやきつつ、想うのは佐和のこと。

才色兼備の彼女は、半蔵には過ぎた妻。できることなら奪いたいが、孫七では幸せにする自信も無い。

こちらの手が届かぬからには、半蔵に頑張ってもらうのみ。

最初は半蔵を気に食わなかった孫七も、近頃は認めつつあった。

腕こそ立つものの性根が甘く、何かとしくじりがちなのは困りものだが、妻に注ぐ愛情は本物。多少は危なっかしくても、案じるには及ぶまい。

しかし、自分の考えこそ甘いことに孫七は気付いていない。

武骨そのものの半蔵も、木石には非ざる身。

一人きりで送り出したのは、失策以外の何物でもなかった。

二

「あ、貴女様《あなた》が千香殿にござったか……」

出向いた先の料理茶屋で、半蔵は絶句した。

離れで待っていたのは化粧も映える、くっきりした目鼻立ちの佳人。

佐和と日本橋まで買い物に出かけた折に窮地を救った、大奥の御中臈だった。

「よく来てくれました」

「は……」

廊下に立ったまま、半蔵は敷居際から動けずにいた。

相手の美しさに、悩殺されたわけではない。

偶然助けた千香が半蔵を名指しし、警固役を命じてくるとは如何《いか》にも怪しい。

しかも良材に仲介させ、影御用として事を頼んできたのだ。

老獪《ろうかい》な勘定奉行が、御中臈一人のために親切心で動くとは考えがたい。

これは、何か裏があるのではないだろうか。

半蔵の疑念は尽きなかった。

自ずと態度も硬くなり、座敷に立ち入るのを躊躇《ちゅうちょ》せずにいられない。

「まぁ、怖いお顔ですこと」

そんな半蔵を見返し、千香は婉然《えんぜん》と微笑む。

「せっかくの男前が台無しではありませぬか。お気を楽にしてくだされ」

「………」

「このままでは話もできますまい。さぁ、お入りなされ」

「……失礼いたす」

やむなく、半蔵は敷居を踏み越える。

「どうぞ、ごゆっくり」

障子を閉めて去ったのは、離れまで案内してきた仲居。

「こちらが呼ぶまでは誰も参りませぬ故、まずはお話をいたしましょう」

「さ、左様にござるか」

千香に答える、半蔵の口調はぎこちない。

二人きりで向き合ってはみたものの、どうすれば良いのか分からずにいた。

戸惑いながらも好もしいと感じたのは、千香が余計なもてなしをする前に話を切り出したこと。

半蔵は役目を果たすために赴《おもむ》いたのであり、酒も馳走も欲しくはない。相手が美しい奥女中だからといって、浮ついてもいなかった。

自分が何を為すべきか、早く教えてほしい。

そんな半蔵の期待に違わず、千香は速やかに言葉を続けた。

「お奉行からは、どこまで聞き及んでおりますのか？」

「何者かに狙われておられるとか……」

「左様……誰の差し金やら見当も付かず、恐ろしゅうてなりませぬ」

ふっと千香の美貌が曇《くも》る。

愁《うれ》いを帯びた、同情を誘う表情だった。

こう出られては、親身に話を聞かぬわけにはいかなかった。

「ご安堵《あんど》なされ。貴女をお護りいたすために、拙者《せっしゃ》が参ったのです」

思わず身を乗り出そうとした、その刹那《せつな》。

「む！」

身を翻《ひるがえ》し、半蔵は脇差を抜き放つ。

弾き返したのは、障子を突き破った棒手裏剣。

あらかじめ千香の指示を受けていた、伝兵衛の仕業《しわざ》である。

「大事ありませぬか？」

「は、はい……」

青ざめた顔でうなずき返す、千香の芝居は真に迫ったものだった。

腹痛を装って職場を抜け出すのが得意な半蔵も、まさか芝居を打たれたとは気付いていない。

無事に大奥へ帰すために、力を尽くさねばなるまい。

あっさりと信じ込まされ、まったく疑っていなかった。


取り急ぎ庭を調べたものの、棒手裏剣の主は早々に逃走した後だった。

千香に問い質《ただ》しても、ここまで恨みを買った覚えはないという。

しかし、命を狙われているのは紛れもない事実。

とっさに弾き返さなければ、鋭く重たい刃に貫かれていたのだ。

「まこと、危ないところにござった。拙者が付いておりながら怖い思いをさせてしもうて、申し訳ござらぬ」

「滅相もありませぬ……心より礼を申しますぞ、半蔵殿」

しとやかに礼を述べながら、千香は笑いを堪《こら》えていた。

伝兵衛と示し合わせての芝居に、抜かりはない。

手裏剣が命中した場合に備え、裲襠《うちかけ》の下には厚い鉄板を忍ばせてある。

もしも半蔵が出遅れたときは役立たずと見なし、即座にお払い箱にするつもりだったのだ。

（さすがは村垣淡路守《あわじのかみ》の孫……良き腕じゃ）

とりあえずは、合格と認めてやっていいだろう。

だが、まだ実力を確かめる必要がある。

伝兵衛に代わって恃《たの》みにする以上、今少し様子を見なくてはなるまい。

「されば参りますぞ、半蔵殿」

「ははっ」

半蔵を引き連れて、千香は料理茶屋を後にした。

女乗物で向かった先は駿河台の屋敷ではなく、向島《むこうじま》の一軒家。

大川上流の閑静な地に建つ寮の名義は、千香のものになっていた。

「お屋敷には戻られませぬのか？」

「兄夫婦に代替わりしておりますれば、何かと肩身が狭うございますので……」

乗物から降りつつ、半蔵に告げた言葉は偽りではない。

老いた父親はすでに隠居し、家督は二歳上の兄が継いでいる。

同い年の兄嫁とは反りが合わず、これまでも宿下がりをするたびに諍《いさか》いが絶えなかったものである。

自力では何ひとつできず、男にすがって生きることにばかり長けている女は大嫌いだが、そんな嫁に首ったけで、千香を軽んじる兄が誰より憎らしい。

妹のおかげで家の格が上がったのに感謝せず、お手つきになれぬまま歳ばかり重ねて仕方のない奴だと馬鹿にするのは、事実だけに我慢もできる。

許せぬのは隠居した父親を夫婦揃って大事にせず、このところ惚《ほう》けてきたのを案じるどころか厄介者扱いし、食事も共にしないこと。日増しに酷《ひど》くなる扱いに千香が怒っても、こちらは年寄りといつも一緒で息が詰まるのだ、大奥暮らしでたまにしか帰らぬ奴は黙っていろと言われるばかり。

そんなところに半蔵を同行させれば、誘惑どころか同じ部屋で過ごすことさえ白い目で見られてしまう。

少々手狭であっても、こちらの寮のほうが伸び伸び過ごせる。

何事も、あらかじめ段取りを付けておいたことである。

四人の陸尺《ろくしゃく》は何も言わず、速やかに去っていく。

病気の療養を口実に、千香は気ままに過ごすつもりであった。

本来ならば必ず実家に滞在し、みだりに外出することも控えなくてはならないところだが、お美代の方の威光を借りれば好き勝手をしても許される。

出がけに姉小路から言われた通り、感応寺に出向いて美僧に相手をさせるのも思いのままだった。

むろん、そんなことをするつもりなど最初から有りはしない。

佐和の夫を奪い、一石二鳥で探索役として使役するのが千香の狙い。

これからが腕の見せ所だが、早々にがっつくのは禁物。

はしたない女と半蔵に思われては、元も子もあるまい。

奥の座敷に腰を落ち着けた千香は、屋内のあちこちを真剣に調べる半蔵を可笑《おか》しげに見やる。

防刃用の鉄板は乗物の中に置いてきたので、気付かれる恐れはない。

半蔵は長くもない廊下を端から端まで、慎重な足の運びで渡りゆく。

すべての部屋を検《あらた》めた後、足を運んだのは台所。

続いて調べたのは、厠《かわや》に湯殿。

縁《えん》の下も見逃しはしなかった。

廊下に手をついて身を乗り出し、奥の奥まで覗き込む顔付きは真剣そのもの。

千香は笑いを堪えるのに苦労した。

何も知らぬ半蔵は、曲者《くせもの》が本当に忍び込んだと思い込んでいる。

危ない目に遭ったことなど、これまで一度も有りはしない。常に伝兵衛が千香の身辺に目を光らせ、事前に防いでくれるからだ。

その伝兵衛が一役買ってくれた芝居に、半蔵はまんまと騙されていた。

示し合わせての芝居とは、まったく気付かずにいる。

侵入に備えてのことなのか、屋内ばかりか庭の周囲も見て回る。

思った以上に、半蔵はマメな質《たち》らしい。

座敷に戻ってからの報告も、抜かりのないものであった。

「裏の板塀が少々傷んでおりますな。手を入れたほうがよろしかろう」

「さればお願いできますか、半蔵殿」

「承知仕《つかまつ》った」

千香に言いつけられるや即答し、羽織を脱いで再び出て行く。

備え付けの金槌《かなづち》と釘《くぎ》を持ち出し、外れた板を打ち付ける手付きは慣れたもの。

縁側に立った千香は、感心した面持ちで作業を見守る。

仮にも旗本が、自ら大工仕事に汗を流すことなど有り得ない。

まさか、ふだんから佐和にやらされているのだろうか。

「半蔵殿は器用なのですね」

「なに、若い頃に修行先で見様見真似《みようみまね》に覚えただけにござるよ」

少々誇らしげに、問わず語りで明かしたのは微笑ましい思い出話。

十代のほとんどを武州で過ごした半蔵は、寄宿していた宗家の家で雑用はもとより野良仕事まで手伝っていたという。

善くも悪くも田舎じみた、この男が持つ純朴な雰囲気は、当時の暮らしの名残《なごり》なのだろう。

同じ武士でも、江戸城中で接する上《うえ》つ方《かた》とはまるで違う。

思わず微笑を誘われながらも、千香は疑問を感じていた。

(解《げ》せぬことじゃ。この者の何が気に入って、佐和は婿に迎えたのか……？)

どう見ても、好みに合っているとは思えない。

若い頃の佐和は洗練された、娘たちの憧れの存在だった。

単に美しいだけではなく男勝りの凜々しさに満ちており、譬《たと》えるならば女狂言の男役に近い魅力を備えていた。

武家ばかりか町場の娘の間でも人気者で、一緒に市中を歩いていれば、絶えず黄色い声を浴びせられたものである。

半蔵に限らず、男を受け入れると思えぬ気高さが、佐和の身上だったはず。

家付き娘としての責を果たすためとはいえ、まさか早々に婿を迎えるとは思わなかった。

しかも、半蔵のような武骨者を選ぶとは――。

「如何《いかが》なされましたか、御中臈様」

心配そうに呼びかけられて、千香は我に返る。

いつの間にか、半蔵が座敷に戻っていたのだ。

「おや、もう終わったのですか？」

「大したことはござらぬ。ついでに薪割《まきわ》りと、水汲みも済ませておきました」

羽織《はおり》に袖を通しつつ、告げる口調はさりげない。大奥の下女たちよりも、余程行き届いている。

さすがの千香も、恐縮せずにはいられなかった。

「重ね重ねご雑作《ぞうさ》をおかけいたしました。どうぞ一服してくだされ」

「かたじけない。されば、御免《ごめん》」

煙草盆《たばこぼん》を勧めるより早く、半蔵は傍らの火鉢に躙《にじ》り寄る。

湯を沸かすつもりらしい。

「お茶ならば、妾《わらわ》が淹れて差し上げましょう」

「拙者も喉《のど》が渇《かわ》いております故、お任せくだされ」

半蔵は手際よく、埋《うず》み火を熾《おこ》し始めた。

千香が手を出すまでもない。

つくづく旗本とは思えぬ、勤勉さだった。

警固役とはいえ、半蔵は頼まれて出向いた身。

変事に備えて目を光らせる以外は、何もしなくてもいい立場なのだ。

にも拘《かか》わらず、先程から寸暇《すんか》を惜しんで動いている。

千香がお付きを一人も伴っていないため、先程から働きずくめであるのに文句ひとつ付けようとはしなかった。

人手《ひとで》が無ければ、自分でやればいい。

他の旗本ならば思いも寄らぬことを、自然にやってのけるのだ。

この男は歴《れっき》とした士分でありながら、感覚が限りなく民に近い。

それも江戸っ子ではなく、愚直な農民を彷彿《ほうふつ》させる。

千香の予想を遥かに超える、呆れるほどの武骨さだった。

火鉢に掛けた鉄瓶が、程なく湯気を立て始めた。

「お任せを……」

腰を浮かせかけた千香を押しとどめ、半蔵は鉄瓶を取る。

手を抜かずに湯こぼしを用い、碗を濯《すす》ぐことも忘れない。

「どうぞ」

「頂戴いたしまする」

居住まいを正し、千香は湯気の立つ茶碗を取る。

一口啜るや、ふっと笑みを誘われる。

武骨な男が淹れたとは思えぬほど、漂う香りは爽やかそのもの。

高い茶葉を用いようと、適当なやり方では味も香りも十分に引き出せない。

暑い最中でも急須を温めるのを怠らず、湯も加減して慎重に注げばこそ自ずと葉もほころぶのだ。

煎茶道《せんちゃどう》の宗匠から以前に講釈されたことを、半蔵はさりげなく行っていた。

武骨な容貌と体付きだけを見ていれば、半蔵は喉が渇いたからと言って自ら茶を淹れるとは思えない。井戸水をがぶがぶ飲んで警固にのみ集中し、雑用など手を出そうともしないはずだった。

「ほんに美味《おい》しいお茶ですこと……」

「なに、粗茶にござるよ」

お世辞抜きの一言に微笑みながらも、半蔵は謙遜するのを忘れない。

「まぁ、この玉露は妾が用意させたものですよ」

「左様でござったな。これは失礼」

照れ笑いをする半蔵も、すっかり打ち解けていた。

外見から高飛車とばかり思えた千香は、意外にも接しやすい女人だった。

半蔵が進んで雑用までこなしたのは、彼女の反応を見るのが狙い。

良材と結託し、罠《わな》に嵌《は》めるために偽りの影御用を命じてきたのであれば、見た目通り傲慢《ごうまん》に振る舞って、こちらを軽んじることだろう。

だが、千香の態度は先程から柔和そのもの。

優雅な雰囲気を漂わせる一方で、いちいち謝意を示すのを忘れずにいる。

初めて接した大奥の女中は、尽くし甲斐のある人物だった。

この様子ならば、半蔵の事情にも耳を傾けてもらえるはず。

「よろしいですか、御中臈様」

「千香で構いませぬ」

茶を喫し終えた千香は、にこやかに答える。

上機嫌な反応を目の当たりにし、半蔵は安堵した。

「警固を務めさせていただくに当たり、申し上げたき儀がござる」

「何でありますか。ご遠慮のう、申されなさい」

「かたじけない。されば、お聞きくだされ」

折り目正しく頭を下げると、半蔵は続けて言った。

「影の御用を担いし身なれど、拙者の役目は勘定所勤め。申し訳なき限りなれど終日の警固は難しゅうござる」

「その旨でしたら土佐守様……お奉行より承っておりまする。何卒《なにとぞ》お気兼ねなさらずに、昼間は御勘定所にてご精勤なされ」

「よ、よろしいのですか?」

半蔵は驚いた。

難色を示されると思いきや、あっさり快諾されたからである。

こちらとしては助かるが、本当に良いのだろうか。

「されど千香様、先程の凶事が繰り返されては取り返しが付きませぬぞ?」

「妾の身を案じてくださるのですね。かたじけのう存じまする」

答える口調は優雅そのもの。

命を落としかけたというのに、大したものだ。

それにしても、本当に大丈夫なのか。

「ご心配ならば、早退《はやび》けをいたしまするが……」

「大事はありませぬ。今一人、妾には護り手が居ります故」

「今一人……にござるか？」

半蔵は戸惑いを隠せない。

と、重たい声が耳朶《じだ》を打つ。

「御免」

聞こえてきたのは五十過ぎと思しき、嗄《しわが》れた男の声。

「参ったようですね」

千香は庭に視線を向ける。

立っていたのは室田伝兵衛。

先程の襲撃から間を置き、頃合いを見て訪ねてきたのだ。

二人の行く先が向島の寮であることを、伝兵衛はあらかじめ承知の上。

故にわざわざ後を尾けるまでもなく。余裕を持って登場したのである。

位《くらい》の高い奥女中は宿下がりをするとき、広敷伊賀者から選んだ者を警固のために同行させることができる。

単に護衛をさせるだけならば、半蔵に来てもらうこともなかったのだ。

敢えて良材を介してまで影御用を頼んだのは、千香が半蔵自身を手に入れようと思えばこそ。

その点は、むろん伝兵衛も承知している。

妻を持つ男を誘惑するのは婦道に反する所業だが、女盛りでありながら孤閨《こけい》を保つことを強いられてきた千香のためを思えば、目をつぶってやりたい。彼女が目的を遂げるまで、協力に徹するつもりだった。

「室田にござる。何卒お見知りおきを」

半蔵に挨拶《あいさつ》をする、伝兵衛の態度は慇懃《いんぎん》そのもの。

百五十俵取りの相手に対し、こちらは三十俵二人扶持の同心並み。礼儀正しく振る舞うのも当然だった。

「こちらこそ」

半蔵はにこやかに礼を返す。

最初は面食らったものの、今は安心していた。

親子ほども歳が違うとはいえ、伝兵衛が腕利きなのは見れば分かる。

この男が付いていてくれれば、一人で気負わずとも大事あるまい。

「よしなにお頼みいたすぞ、室田殿」

「ははっ」

頼もしい答えを返され、半蔵は安堵する。

すべてが仕組まれたことであるとは、まだ気付いてもいなかった。

三

久々の影御用に、半蔵はその後も本腰を入れて取り組んだ。

勘定所勤めも、手を抜いてはいない。

「笠井め、近頃はちっとも腹痛を起こさぬの」

「それは組頭様、佐和殿との仲が睦《むつ》まじゅうなりて、悩みがめっきり減ったからでありましょう。とみに近頃は楽しげにしておりますれば、向後《こうご》は二度と早退けなどいたしますまい」

「ならば良いのだがの、些《いささ》か拍子抜けしたわ」

組頭と同僚の平勘定がそんな会話を交わすほど、日々精勤している。

千香から警固を無理強いされていれば、明るく過ごせるはずもない。

仮病ではなく本当に腹具合を悪くし、勘定所勤めはもとより影御用にも支障を来《きた》していたに違いなかった。

半蔵は昼間の勤めを終えると向島の寮に赴き、周囲の見廻りをした上で雑用を手早く片付け、千香と夕餉《ゆうげ》を共にする。

当然ながら駿河台の屋敷に戻るのは深夜になるため、呉服橋の『笹のや』から足が遠のいたのはむろんのこと、佐和ともご無沙汰続きであった。

理由を言わずにいれば、またしても浮気を疑われてしまう。

やむなく半蔵は佐和にだけ、新たに影御用を命じられたことを明かした。

とはいえ、詳しい内容までは話していない。

良材の存じ寄りである幕府の要人の夜間警固を依頼され、やむなく引き受けたということにしたため、さすがに佐和も異を唱えるわけにはいかなかった。

だが、佐和の勘働きは鋭い。子細は分からぬまでも、夫が何やら隠し事をしているのには、早々に気付いていた。

半蔵の態度は、このところ妙に明るかった。

深更に及ぶまで毎日忙しくしていながら、まったく疲れを見せずにいる。

夜遅くまで警固をしていれば夕餉も満足に摂れぬはずなのに、毎晩満ち足りた様子で帰宅し、湯漬けさえ所望せずに熟睡できてしまうというのも怪しい。

それだけならばまだいいが、微かに漂う女の匂いが気に掛かる。

明らかに情事に及んだ後と分かる、濃厚な脂粉が臭ってくるのとは違う。

ほんの微かな匂いは武家女、それも大名や大身旗本の奥方、あるいは大奥勤めで位の高い女中が汗の臭いを消すため、裲襠に焚きしめる香りを思わせる。

恐らく、半蔵はやんごとなき女人を警固しているのだ。

正直に話してくれれば、佐和とて文句を付けはしない。

夫が上つ方の思惑に翻弄《ほんろう》されるのは耐えがたいことだが、影御用の黒幕が勘定奉行である以上、どうにもならないからである。

半蔵を焚き付けて良材に反抗させれば、命までは取られぬまでも、笠井家代々の職を解かれるのは目に見えている。

奉行がどれほど悪辣《あくらつ》だろうと、勘定所勤めは笠井家の誇り。愛する夫に無茶をさせぬためとはいえ、佐和の代で絶えさせるわけにはいかない。

されど、隠し事をされるのも腹が立つ。

できれば思い切って問い詰めたい。

だが、佐和は以前と違う。

かつての如く、半蔵に厳しく接するのは嫌だった。

一体、どうすればいいのだろうか――。

複雑な想いをよそに、半蔵は今朝も潑剌《はつらつ》と出仕していく。

「今日も遅くなる故、先に休んで構わぬぞ」

「承知しました」

平静を装って答えながらも、佐和の心中はざわつく一方。そろそろ誰かに相談しなくては、身が持ちそうにない。

半蔵が門の外に出たのと、佐和が玄関に膝を突いたのは同時だった。

(私としたことが……情けない)

朦朧《もうろう》とする意識の下で、佐和は己《おのれ》の弱さを自覚せずにはいられない。

惚れたら負けとは、良く言ったものである。

以前であれば怒りに任せて夫を問い詰め、本当に浮気に及んだかのかどうかは二の次で、散々にやり込めていたことだろう。

あの頃の佐和は、鬼嫁と思われても仕方のない有り様だった。

だが惚れ直してからは、半蔵が何をやっていても気に懸かる。

影の御用について知らされた後は、命の心配まで加わった。

警固する相手を護るために、半蔵は命懸けで戦うはずだ。

その相手が女人、しかも枕を交わした相手となれば身を挺《てい》し、命を引き換えにしてでも護り抜こうとするに違いない。

半蔵の愚直さを承知していればこそ、その身が案じられて止まないのだ。

気を揉《も》まされる理由が女人というのが、返す返すも腹立たしい。

一時の浮気、それも相手に誘われてのことならば、まだ許せる。

もしも本気だったとしたら、どうすればいいのか——。

愛する夫を疑いたくないと思う余り、疲れは極みに達していた。

ふらつく足を踏み締めて、佐和はゆらりと立ち上がる。

外出の支度を始めたのは、抱えきれぬ悩みを相談するため。

斯様《かよう》なときに頼れそうな相手は、一人しか思い当たらなかった。

昼下がりの『笹のや』は静まり返っていた。

お駒と梅吉は飯台にもたれかかり、安らかに寝息を立てている。

中食《ちゅうじき》を済ませた後、いつも階下の土間で昼寝をするのは他の場所よりも涼しいからである。

二階は風こそ通るものの、日当たりが良すぎて汗を掻くばかり。

その点、土間は日中も冷えていて申し分ない。

夜の商いの仕込みを前に、二人は今日も仲良く夢の中。

兄妹同然に育った間柄なればこそ、自然にこうしていられるのだ。

「ううん、もう食えねぇ……」

大盤振る舞いをされた夢でも見ているらしく、梅吉はにやついていた。一方のお駒は梅吉の肩にもたれ、すぅすぅ寝息を立てている。

と、障子戸に人影が浮かび上がる。

「もし……御免くださいまし」

訪《おとな》いを入れる声は弱々しい。

それでも繰り返し呼びかけられれば、自ずと目も醒《さ》めるというもの。

先に気が付いたのはお駒であった。

「ったく……どこのどいつだい……」

目をこすり、不機嫌そのものの視線を戸口に向ける。

「口開け前なのが分かんないのかい、出直しとくれ！」

せっかくの午睡を妨げられたとなれば、態度がきつくなるのも当たり前。

それに暖簾を出していなければ、休憩中なのは一目瞭然。約束も無しに訪ねてくるほうが、どうかしている。

しかし、呼びかける声は一向に止まなかった。

「お願いします、開けてくだされ……」

弱々しくも絶えることなく、執拗《しつよう》に呼びかけてくる。

「うるさい！」

相手が誰なのか気が付かぬまま、お駒は続けて一喝《いっかつ》する。

その勢いで、梅吉が目を覚ました。

「ふあー、どうしなすったんです、姐《あね》さん」

「どっかの野暮天《やぼてん》がしつこいんだよ。追い払っとくれな、梅」

「野暮天って……あれは女じゃねぇんですかい」

障子に映った影を見やり、梅吉は怪訝《けげん》な顔。

だが、お駒は取り合わない。

「どっちだって同じだよ。早いとこ帰しちまいな！」

「へいへい」

梅吉は腰を上げ、戸口に歩み寄っていく。

心張り棒を外し、障子戸を開く。

安らぎの一時を邪魔されたのは、こちらも同じ。

無粋《ぶすい》な相手に思い切り文句を付けようとしたとたん、梅吉は目を見張った。

「笠井の奥方様じゃねぇですかい。一体《いってぇ》どうしなすったんです？」

「お騒がせしてすみませぬ……」

申し訳なさそうに告げる、佐和の顔色は悪かった。

日傘を持たずに炎天下を歩いたところで、いつもの佐和ならばどうということもないはずだ。

このところ碌《ろく》に眠れず、疲れが溜まりに溜まっていたのを二人は知らない。

まして悩みを重ねた理由が女とは、夢想だにしていなかった。

「しっかりしておくんなさい」

ふらつく佐和の体を支え、梅吉は腰掛け代わりの空き樽《だる》に座らせた。

お駒はすかさず板場に駆け込み、水を汲んでくる。

火照《ほて》った顔を冷ましてやるため、濡らした手ぬぐいを用意するのも忘れない。

「さぁ、少しずつ飲むんだよ」

「すみませぬ、お駒さん……」

礼を述べつつ椀《わん》を受け取る、佐和の顔は弱々しい。強気な彼女を知る二人には信じがたい有り様だった。

一体、何があったというのか。

理由はどうあれ、まずは休ませなくてはなるまい。

「階上に運びやすかい、姐さん」

「馬鹿だねぇ。この人を日干しにするつもりかい？」

おろおろする梅吉を叱り付け、お駒は筵《むしろ》を持ってくる。

「ほら、早いとこ敷いとくれ！」

「へ、へいっ」

投げ渡された筵を拡げ、梅吉は土間に敷き伸べる。

その間にお駒は佐和に肩を貸し、そっと立ち上がらせていた。

「ここで横になってりゃ暑さも凌《しの》げるからね……ちょいと埃《ほこり》っぽいのは辛抱しておく

れよ」

「すみませぬ……」

「いいから、いいから」

筵の上に佐和を仰臥《ぎょうが》させると、続いて帯に手を掛ける。

腹と胸元を締め付けているのを緩め、楽にしてやらねばならない。

「覗くんじゃないよ、梅」

「へーい」

じろりと睨《にら》まれ、梅吉は後ろを向く。

佐和は抗うことなく、お駒に身を任せていた。

何から何まで、以前の彼女ならば有り得ぬことだった。

一体、何があったというのか。

落ち着いたところで、じっくり話を聞かせてもらわねばなるまい。

「サンピン……いや、半蔵の旦那を呼んで参りやしょうか、姐さん」

後ろを向いたまま、梅吉がお駒に言った。

「そうだね。ひとっ走り、行っておくれな」

「合点《がってん》でさ」

すかさず駆け出そうとした刹那、か細い声がする。

「や……止めてくだされ」

上体を起こした佐和は、弱々しくも懸命に口を動かす。はだけた胸元を押さえながら、梅吉を呼び止めようと懸命だった。

「ご……御用の最中に……邪魔立てをいたしてはなりませぬ故……」

「ほんとにいいのかい？」

肩を抱いて支えてやりながら、お駒は問うた。

「こいつぁあたしの見立てだけどさ、旦那はまた妙な役目を仰せつかったんじゃないのかい」

「何故……そのようなことを……」

「階上に置いてたはずの着替えが、いつの間にか無くなっちまってたからさ……そうだったね、梅」

「へい」

お駒の言葉に、梅吉は言葉少なにうなずき返す。佐和の肌には視線を向けないように、進んで目を逸らしていた。

助平心を抑えた梅吉の態度を見届け、お駒は言葉を続ける。

「そうなんだよ。あたしたちが昼寝をしている間に、旦那がこっそり持って出てっちまって、それから一度も顔を見せてくれないのさ」

「まことですか……」

「こいつぁたしかに妙なことだよ。お前さん、旦那に訊《き》いてみたのかい」

「……御用に絡んでのことなれば、左様なわけには」

「何言ってんのさ。前のお前さんだったら、そのぐらい」

「…………」

続けざまに問うお駒から目を背け、佐和は面を伏せる。

いつも強気な佐和らしからぬ、弱々しい素振りだった。

「分かったよ。もういいから」

詮索《せんさく》するのを止めたお駒は、佐和の手を握ってやった。

「それならあたしらが代わりに訊いてみるよ。お前さんは休んだほうがいい」

「よろしいのですか？」

「旦那に万が一のことがあったら困るのは、あたしと梅もおんなじだからね。恩に着てもらうにゃ及ばないよ」

「も、申し訳ありませぬ」

「いいってこった。さぁ、安心して横になっておいでな」

戸惑う佐和に、お駒は頼もしげに微笑み返す。

今の佐和にあれこれ問うのは酷なことと気遣いながらも、胸の内では毒づかずにいられなかった。

（ったく……こんなに頼りなくっちゃ、旦那を任せておけないよ）

半蔵に惚れている身としては、そんなことを思ってしまう。

その一方、佐和を案じる気持ちもあった。

命の恩人である半蔵にいつしか心惹かれるようになったお駒だが、本気で佐和から寝取ろうとまでは考えていない。

傍から見れば気弱な亭主と鬼嫁という取り合わせだが、二人が似合いの夫婦であるのをお駒は知っている。半蔵が佐和に惚れ抜いている以上、野暮な手出しは慎まねばなるまいし、今の関係が壊れてしまうのも嫌だった。

それにしても佐和がここまで弱ってしまうとは、一体何があったのか。

原因が何であれ、事の起こりは半蔵に違いない。

笠井夫婦の関係は逆転して久しい。佐和は半蔵に惚れ直して以来、恋敵のはずのお駒が憧《あこが》れたくなるほど、しとやかな女人になりつつある。

以前のとげとげしさが薄らいだ代わりに、弱さが垣間《かいま》見えるようになった。なればこそ半蔵のことで思い詰め、体調まで崩してしまったのではないだろうか——。


ともあれ佐和が気後れしている以上、代わりに半蔵を問い質すのみである。

原因が何であれ、放って置くわけにはいくまい。

ここで見放しては、女が廃《すた》るというものだ。

高慢で鼻持ちならなかった佐和も、今や年上ながら可愛《かわい》い女人。

半蔵には、もっと大事にしてもらいたい。

己が想いにも増して、心からそう思える。

されど女のお駒が食ってかかれば、半蔵は素直には答えぬかもしれない。

ならば下手に出しゃばらず、梅吉に任せたほうがいい。

原因が何であれ、佐和を安心させるためには半蔵を刺激するのを避け、穏便に事を運ぶ必要がある。こういうときには、男同士で話をさせるべきだろう。

「ねぇ梅、お前さんが行ってくれるかい？」

「構いやせんが、夜の仕込みはどうしやす」

「あたしがいるじゃないか。奥様を休ませてから、きっちり済ませとくよ」

「ほんとに大丈夫ですかい、姐さん」

「何だい、あたしじゃ当てにならないってのかい」

「いえ、店のことはいいんですがね……」

「尚のこと悪いじゃないか。あたしに奥様の面倒は見れないってのかよ？」

「す、すみやせん」

お駒に凄まれ、梅吉は慌てて謝った。

一度言い出したら聞かぬ質なのは、子どもの頃から変わっていない。

半蔵のことが気がかりなのは、梅吉も同じである。

しかも、気丈な佐和がここまで悩んでいるからには、放ってもおけまい。

「後はお任せしやしたぜ」

お駒にそう告げ、梅吉は手早く身支度を済ませた。

頭に巻いていた手ぬぐいを取り、着流しの裾を下ろして、襟を正す。

板場用の下駄を雪駄に履き替え、足拵《あしごしら》えをするのも忘れない。

「それじゃ行って参りやす」

「頼んだよ、梅」

「お頼み……申します……」

二人の声を背に受け、梅吉は駆け出す。

向かう先は大手御門。

半蔵の不可解な行動と、佐和を悩ませる理由を、直々に問い質すのだ。

まだ日暮れには間がある。

今のうちならば、御門内の下勘定所で執務中のはずだ。

久しぶりに凄みを利かせ、白状するまで問い詰めてやるとしよう。

だが、せっかくの決意も当てが外れた。

「サン……いえ、旦那はいねぇんですかい？」

「半刻も前に他出いたした。それが何としたと申すのか」

中年の玄関番は、じろりと梅吉を睨《ね》め付ける。

怪しまれたのも無理はあるまい。

梅吉の風体は、どう見ても旗本の知り合いとは思えない。

とはいえ、落胆ぶりが尋常ではなかった。

無愛想な番士も、さすがに気になったらしい。

「そなた、如何なる用向きで参ったのじゃ」

「奥方様がうちの店にお出でになられて、具合を悪くしなすったんでさ」

「まことか!?」

梅吉の嘆きを聞くや、番士は小さな目を見開く。

「そ、それは一大事ではないか」

動揺せずにはいられぬほど、勘定所で佐和の人気は高い。

大手御門内の下勘定所はもとより、江戸城中の御殿勘定所でも、笠井の家付き娘は類《たぐ》い希《まれ》な佳人にして才色兼備、その美貌を一度拝んでみたいものだと、専《もっぱ》らの評判だった。

かつて半蔵の手を焼かせた高飛車な気性も、年嵩《としかさ》の男たちにしてみれば可愛いものである。愛想も素っ気もない古女房と比べれば、尚のこと好ましい。

梅吉を怪しみ、門前払いにしかけた中年の番士も、そんな佐和びいきの男たちの一人であった。

「ちと待っておれ」

表情を引き締めて梅吉に告げるや、だっと用部屋に走る。

戻ったときには、何と組頭を伴っていた。

こちらも番士に劣《おと》らず、動揺を隠せずにいる。

「そ、そのほうの店で佐和殿が倒れたと申すはまことか？」

「へい。左様にございやす」

「だ、大事はないのか」

「うちの女将が介抱させていただいてますんで、ご心配には及びやせんよ。笠井の旦那にご無事をお伝えしようと思いやしてね」

「左様か……雑作をかけたのう」

組頭と番士は、揃って胸を撫で下ろす。

どうやら、佐和は大した人気者であるらしい。

それは分かったが、なぜ半蔵が早退けしたのかが気に掛かる。

「ところで、笠井の旦那をお迎えに上がりたいんですがね」

問うた相手は組頭。

佐和が無事と分かって安堵している今ならば、答えてくれるはずである。

案の定、年配の組頭はあっさり教えてくれた。

「お奉行からのお達しじゃ。何やら御用を命じられたらしいの」

「行き先はどちらですかい？　奥方様の加減が悪いって、早いとこお知らせ申し上げたいんでさ」

「うーむ、教えてやりたいのはやまやまだがのう……」

組頭は困った顔で腕を組む。

と、そこに割り込む声。

「失礼いたしまする、組頭様」

いつの間にか玄関に現れたのは、勘定奉行付きの小者――孫七。

「お話は承りました。お知らせ申し上げたきことがありまする」

「今はそれどころではないわ、用向きがあれば後にせい」

組頭は鬱陶《うっとう》しげに横を向く。

「よろしいのですか」

涼しい顔で孫七は言葉を続ける。

「笠井様がお出《い》でになられし先に心当たりがあるのですが……」

「ま、まことか？」

一瞬喜んだものの、組頭は不安げな面持ちになる。

「されど、それはお奉行が笠井のみに命じたことなのであろう。お許しも得ずに口外いたすのは、いかがなものかの」

「では、奥方様はこのままでよろしいのですか」

「うーむ……やむを得ぬのう」

しばし考えた後、組頭は孫七に告げた。

「我らは何も聞かなかったことにいたす故、その者を笠井の許に案内せい」

「心得ました」

にっと微笑み、孫七は梅吉に向き直る。

「さ、ご案内いたしましょう」

「お願いしやす」

梅吉はホッとした面持ちで答える。

詳しいことは分からぬが、この小者に付いていけば半蔵に会えるらしい。

後に続いて駆け出す梅吉は、孫七の思惑を知らない。かねてより佐和に好意を寄せていればこそ一肌脱ぐ気になったとは、思いも寄らなかった。

四

半蔵が日中から千香と共に過ごすのは、今日が初めてだった。

自ら希望したわけではない。

良材に命じられ、御用として差し向けられたのだ。

梅吉が下勘定所に現れる半刻前、半蔵は良材に呼び出された。

用部屋で算盤勘定に励んでいる最中のことである。

相手が奉行とはいえ、半蔵は面白くない。

こちらは千香の了承を得た上で日暮れまで待ってもらい、昼間は勘定所勤めを遺漏《いろう》無くこなしているのである。

そのことは良材にも報告し、了承を得ていた。

当の千香が許したならば問題ないと認めてくれたはずなのに、今になって何を言い出すつもりなのか。

用部屋まで迎えに来た孫七に案内され、憮然《ぶぜん》とした面持ちで奥に赴いた半蔵に良材は意外なことを言い出した。

「千香殿が芝居見物を所望しておる。これより供をせい、笠井」

「芝居……でありますか」

思わぬ話を持ち出され、半蔵は唖然とする。

構うことなく、良材は続けて言った。

「大奥では女狂言しか見物できぬ故、野郎歌舞伎を見たいとのことじゃ」

「それは結構にございますが、拙者がお供をいたさずとも……」

「何を申すか。そのほうは千香殿の警固役なのだぞ」

「日中は広敷伊賀者がお護りしております故、大事はござらぬかと」

「室田ならば大奥に戻った。人手が足りぬとのことでの」

「まことにございまするか」

「向後は昼間の警固もそのほうに任せる故、よしなに頼むぞ」

「何と……」

半蔵は絶句する。

重ね重ね、思いがけない話であった。

しかし、黙ったままではいられない。

「そればかりは、謹《つつし》んでお断りいたしまする」

「もう遅いわ。そのほうが参るのを、千香殿は心待ちにしておられるのだぞ」

「拙者には御勘定所の御用がございまする」

「大事ない。儂《わし》の用事ということにいたさば、誰も疑うまいよ」

「されど……」

「他の者どもには、影の御用とはゆめゆめ申さぬ。そなたに斯様な真似をさせておると露見いたさば、儂も具合が悪いからのう。ほっほっほっ」

困惑する半蔵を見返し、良材は笑う。

老獪な勘定奉行は、常に己の保身を第一に考えていた。

平勘定の半蔵を本来の役目と別の影御用に駆り出し、危険なことまでやらせていると知れ渡っては、他の配下の怒りを買うのは必定《ひつじょう》だった。

算勘よりも剣術に秀でた半蔵の才を活かしてやったとはいえ、そんなことは言い訳にもなりはしない。

勘定所の配下たちは、良材の家臣ではない。あくまで役目として、奉行に任じられた者の指揮下に属しているだけなのだ。

にも拘わらず職権を濫用し、影御用と称して使役するとは何事か。

半蔵ばかりか、自分たちまで同様に扱われては堪《たま》らない。組頭も同僚の平勘定も激怒し、必ずや突き上げを喰らうだろう。

それが分かっていればこそ、良材は半蔵を駆り出すときに配慮を怠らない。

こたびも周囲に不審を抱かれぬため、あらかじめ策を講じていた。

「安堵せい。先だって武州へ遣わした折の如く、長きに亘《わた》って勤めを休ませようとは考えておらぬ」

「何を仰せになられたいのですか、お奉行」

「儂の用事で他出を命じたことにいたさば、大事はあるまい。用部屋の者どもはもとより、可愛い嫁御からも疑われまいよ」

「…………」

半蔵は黙り込む。

良材の命じる内容が、どうもおかしい。

最初は有無を言わせず警固役を命じ、千香と話し合った上で夜間だけという話になったのを了承しておきながら、昼間も相手をしろと言う。

伝兵衛が大奥に戻されたという話も、疑わしい。

もしや、千香と気脈を通じているのではあるまいか。

徐々に半蔵を取り込むために、順を追って甘えてきたのではないだろうか。

半蔵とて、周囲から見なされるほど朴念仁《ぼくねんじん》ではない。

大奥の女中たちが籠《かご》の鳥に等しい立場であり、ほとんどの者が将軍のお手つきになれずに孤閨を保つことを強いられているのも聞いたことがあった。

千香もまた、哀れな奥女中の一人なのだ。

佐和と同い年でありながら、女の幸せというものを知らぬのである。

（もしや……）

朴念仁の半蔵も、ようやく気付いた。

千香の権力を以てすれば、勘定奉行を動かすのも容易《たやす》いこと。

その権力を笠に着て良材に警固を依頼し、半蔵を側近くに置いた上で無聊《ぶりょう》まで慰めさせようとしていたのではあるまいか。

（そういうことだったのか）

向島の寮での警固中に、千香はいつも半蔵をじっと見ている。

恃みにすればこその態度とばかり思っていたが、あれはよからぬ期待を込めてのことだったらしい。

思えばまとわりつくような、ねっとりした視線であった。

その意味に気付いた途端、半蔵は慄然《りつぜん》とせずにはいられなかった。

三十路《みそじ》に近くなっても女の幸せを知らぬままでいれば、慰めを得たくなるのも無理はあるまい。

気の毒とは思うが、そこまで面倒は見きれない。

あくまで自分は千香の警固役。大奥に無事に帰すため、身辺を護ることでしか役には立てないし、それ以上のことをするつもりなどありはしない。

（お門《かど》違いも甚《はなは》だしい。俺は妻有る身なのだぞ！）

そんな半蔵の気も知らず、良材は下卑《げび》た笑みを浮かべた。

「そのほうとて満更ではあるまい、笠井」

「お奉行……」

「そう怒るな。色男が台無しぞ」

「嬲《なぶ》るのは止めてくだされ」

「照れるには及ぶまい。まさに両手に花ではないか」

鋭い視線を向けられても動じることなく、良材は続けて言った。

「何しろ佐和殿と千香殿はいずれ劣らぬ佳人にして、若かりし頃には美を争いし間柄であるからの」

「争うた？　まことにございまするか」

「そのほう、まさか知らなかったのか」

「初耳にございまする……」

怒りも一瞬忘れ、半蔵は唖然と良材を見返した。

「ははは、子細は佐和殿に尋ねてみるがいい。宿敵とは、まさにあのおなごどものことであろうよ」

「…………」

婿入り前まで武州で剣術修行と野良仕事の手伝いに明け暮れ、江戸の華やかさと無縁の青春を送った半蔵は、佐和の若い頃の評判を知らない。

当人は自慢をする質でないし、美貌の妻を得た半蔵に嫉妬《しっと》する周囲の者たちも余計なことを耳に入れはしなかった。なればこそ、千香が佐和の宿敵だったと今の今まで知らずにいたのである。

それが事実だとすれば、なぜ千香は半蔵を警固役に選んだのだろうか。

「そのほう、まさか千香殿に心が動いたか」

「ら、埒《らち》もないことを仰せになられますな」

「良い良い、野暮は申すまいよ」

「お、お奉行」

「控えおれ。無礼な真似も大概《たいがい》にせい」

「……はは っ」

怒鳴りつけたい気持ちを抑え、半蔵はうつむく。

やはり、自分は嵌められたのか。

高飛車なようでいて可愛い千香が、邪な連中の手先と思いたくはない。

されど、良材の口ぶりが気に掛かる。

「ひとつだけ教えていただけませぬか、お奉行」

「何じゃ、千香殿のことか」

「真面目なお尋ねにございまする」

「申してみよ」

「拙者を警固役に選ばれたのは、お奉行でありますか」

「さに非ず。すべては千香殿が所望せしことぞ」

「それはまた、何故に……」

動揺を覚えながらも、半蔵は続けて問いかけずにはいられない。

「ふん、まだ分からぬのか」

良材は、小馬鹿にしたような笑みを絶やさずにいる。

「お教えくだされ」

屈することなく、半蔵は続けて問いかけた。

「若かりし頃に張り合うた者の婿に身を護らせるなど、考えがたきことにございますれば……千香殿のご存念が、甚だ計りかねまする」

「ふっ、朴念仁が言い出しそうなことだのう」

思案の末の問いかけを一笑に付した上で、良材は言った。

「そこまで申すのならば教えてつかわす。あの女夜叉《にょやしゃ》が望みは、そのほうを嫁御から奪い取り、溜飲《りゅういん》を下げること。ただそれのみじゃ」

「何と……」

「今ひとつ明かしてやろう。千香殿は、もとより狙われてなどおらぬ」

「されど、何者かがお命を」

「室田を使《つこ》うて、ひと芝居打ったのであろう。思い当たる節はないのか」

「そういえば、あれは伊賀流の棒手裏剣……」

「左様であったか。さすがは室田、念の入った策だの」

「何故に、そこまで……」

「はははははは、いい年をして何を申すか」

茫然とする半蔵を前にして、良材は上機嫌。

「そのほうは分からぬだろうが、女とは執念深きものよ。大奥が如き伏魔殿《ふくまでん》にて十年《ととせ》を過ごせし身ならば尚のこと……くわばら、くわばら」

絶句したまま、半蔵は動けない。

急かす声が耳朶《じだ》を打つ。

「何をしておる？　早う行かぬか」

「……この期《ご》に及んで、何を仰せになられますのか」

「そのほうのためを思うてのことじゃ」

じろりと見返す半蔵に、良材は恩着せがましく告げる。

「もしも警固役を投げ出さば、千香殿は何をいたすと思うか」

「籠の鳥の身に、何ほどのことが為し得ましょう」

「甘いのう。当人は大奥より出られずとも、金の力で人は動く……例えば瓦版《かわらばん》屋を焚き付けて、有らぬ噂《うわさ》を市中に流すぐらいは容易きことぞ」

「如何なることでありますか」

「分からぬのか。果報者の婿殿、大奥の御中臈と不義密通――。左様な見出しで面白可笑しゅう書き立てたならば、飛ぶように売れるであろうぞ。事が事だけに目付の鳥居殿も放ってはおくまいよ」

「馬鹿な……拙者と千香殿の間には、やましきことなど何もございませぬ」

「されど、夜毎《よごと》に訪ねておったではないか」

「そ、それは警固のためにござる！」

「あの鳥居殿が信じると思うのか？」

「お奉行……貴方というお方は……」

「左様な羽目になりとうなくば、向後は儂《わし》に逆らうでない。矢部に合力《ごうりき》するのも終《しま》いにすることだのう」

勝ち誇った様子で良材はうそぶく。

千香の目的など、老獪な勘定奉行にとってはどうでもいい。

本当に不義密通に及んでいようといまいと、半蔵を大人しくさせるためのネタにできれば十分なのだ。

当の半蔵は口惜しい限り。

千香に対しても、怒りを覚えずにはいられない。

あの女が半蔵を誑《たら》し込み、佐和との仲を壊そうなどと、愚かな考えを抱くことさえなければ、こんなことにはならなかったのだ。

今さら芝居見物の供など、してやりたくもない。

しかし、行かぬわけにもいかなかった。

半蔵が警固役を放棄すれば、千香は何をしでかすか分かったものではない。

良材が判じた通り、腹いせに事実無根の噂を広められてしまっては、佐和との夫婦仲が壊れるばかりか、有らぬ罪にまで問われてしまう。

鳥居耀蔵は無実の者を容赦なく取り調べ、白を黒にしてのける冷血漢。

かの蛮社の獄で数多《あまた》の蘭学者を罪に問い、明らかに無実の人々まで牢死させて口を封じた耀蔵の手に掛かれば、腹を切らせるぐらいは容易いはずだ。

配下の御小人目付衆を刺客として差し向けてもまったく歯が立たず、子飼いの三村兄弟も確実に仕留めるまでには至らぬ半蔵も、大奥の御中臈と密通したことにしてしまえば御法の下で裁きにかけ、仕置《しおき》という名目で葬《ほうむ》り去れる。

冤罪《えんざい》で命を奪われるなど、真っ平御免。

ここは耐え忍び、千香の機嫌を取るしかあるまい。

「得心したか、笠井」

「……行って参りまする」

にやつく良材に黙々と一礼し、半蔵は腰を上げた。

辞去した足で向かった先は、日本橋の葺屋《ふきや》町。

芝居町《しばいまち》の通称で呼ばれる一帯には、色とりどりの絵看板と役者の名前を掲げた芝居小屋が並び立ち、見物客で賑わっている。

千香はいち早く到着し、芝居小屋に隣接する茶屋の座敷で昼餉《ひるげ》を楽しみながら恋しい男の到着を待っていた。

（半蔵さま……）

頬を染めているのは、一本だけ頼んだ酒にほろ酔いしたからだけではない。

武骨で誠実な佐和の夫に、いつしか本気で惚れ込んでいたのであった。

しかし、武骨者とは察しが悪いもの。

今少し早く真実を明かしていれば、半蔵とて怒りはしなかっただろう。

望んで大奥に上がったからには自業自得とはいえ、千香は籠の鳥に等しい境遇で十年も寂しく過ごしてきた身。

正直に話せば、同情を誘うこともできただろう。

だが、もはや手遅れである。

今や半蔵は千香を女夜叉と見なし、懲らしめることしか頭に無かった。

五

すでに日は暮れつつあった。

芝居町に駆け付けた梅吉と孫七は、界隈《かいわい》を探し回っている。

しかし、千香の行方は杳《よう》として知れない。

先に着いているはずの半蔵の姿も、まったく見当たらなかった。

家紋を目当てに女乗物を見つけたものの、陸尺たちは芝居が幕になるまで待機するように指示されたまま、あるじの姿を目にしていない。

「上桟敷にゃ見当たらなかったし、気まぐれで安い席に移りなすったんじゃありやせんかい？」

「馬鹿を申すな。むくつけき男どもの直中《ただなか》で芝居を楽しめるはずもなかろう」

「そりゃそうだ。一体どこに行っちまったんでしょうねぇ……」

梅吉は焦りを隠せない。

もちろん佐和の容態も心配だが、夜の『笹のや』の商いが気に掛かる。

お駒は愛想こそ申し分ないが、料理の腕は拙《つたな》い。佐和に教わって少しはマシになったとはいえ、一人きりでは碌な酒肴《しゅこう》を出せないだろう。

一刻も早く半蔵を見つけ出し、佐和を託した上で店の板場に入りたい。

それにしても、まったく見つからぬとは妙なこと。

孫七とは初対面の梅吉だが、小者らしからぬ貫禄があり、身のこなしも目配りも只《ただ》者《もの》でないのは、すぐ分かった。

梅吉とて、盗っ人あがりで勘働きは並よりも勝れている。

そんな二人が揃って探しているのに、なぜ千香も半蔵も見当たらないのか。

「もしかしたら途中で帰っちまったんじゃありやせんかい、孫七さん」

「乗物を置いて、か？　足弱の御中臈には有り得ぬことぞ」

「そりゃそうですが……」

焦《つの》りを募らせるうちに、梅吉はよからぬ考えを抱きつつあった。

孫七の話によると、千香は類い希な美貌の持ち主らしい。

しかも若い頃に佐和と争い、大奥入りの話を蹴った彼女に代わって奉公したというではないか。

それほどの佳人から気に入られ、芝居見物の供までさせられていれば、武骨な半蔵といえども平静を保ってはいられまい。

考えたくはなかったが、まさか浮気をしているのではあるまいか――。

そんな思いを抱いた刹那、孫七がおもむろに口を開いた。

「……茶屋を探してみるといたすか、梅吉殿」

「えっ」

「芝居小屋に居らずとも、笠井様とはご一緒のはずだ」

「だからって、どうして茶屋に居なさるって分かるんです」

梅吉の問いかけに、孫七は一瞬の間を置いて答えた。

「……考えたくはないことだが、男と女であるからのう」

「…………」

照り付ける西日の下で、梅吉は黙り込む。

あの半蔵が密通を働く姿など、想像したくもない。

孫七も、思うところは同じであるらしい。

しかも、肩入れしている相手は半蔵ではなかった。

「……佐和様のためにも、斯様なことはあってはなるまいぞ」

「奥方をご存じなんですかい、孫七さん？」

「うむ……まこと、何物にも代え難き佳人ぞ」

それが図らずも漏らした、切ない本音であるのを梅吉は知らない。

「とにかく、茶屋を当たってみるといたしやしょう」

「そうだな……」

うなずき返し、孫七は芝居小屋と隣接する茶屋に向かった。

茶屋といっても、構えは料理屋並に大きい。

座敷も数があり、いちいち調べて廻《まわ》ればキリがない。

そもそも勝手に踏み込もうとすれば、店の者たちが黙ってはいないだろう。

「俺に付いて来られるか、梅吉殿」

「そいつぁこっちの口上ですぜ、孫七さん」

「ふん……」

「へへへっ」

笑みを交わすや、二人は同時に飛翔する。

御庭番と盗っ人。

過去を明かさずとも、身ごなしが敏捷なのは共に察しが付いていた。

人目を忍んで天井裏に潜り込み、進み行く速さはほぼ互角。

しかし、目当ての座敷に突入するのは憚られた。

「はきと申されよ、千香殿！」

耳に飛び込んできたのは、怒気を帯びた半蔵の声。

対する千香はうつむいたまま、さめざめと泣いている。

「お……お許しくだされ……」

女夜叉と呼ばれた身とは思えぬ、弱々しい姿であった。

覗き見る梅吉と孫七は、声も無い。

半蔵の叱責は続いていた。

「そなたの企みは露見しておる。俺を誑《たぶら》かし、佐和に仕返しをいたす所存だったのであろう！」

いつもの半蔵らしからぬ、容赦のない態度であった。

それほどまでに怒りを覚え、千香を責め立てずにはいられないのだろう。

あるいは付け込まれた己自身への苛立ちが、厳しい言葉を吐かせるのか。

「俺を脅すつもりならば、やってみるがいい！　女一人に弄《もてあそ》ばれるほど、甘い男ではないわ!!」

半蔵の怒りは千香に会い、しばし平静を装った末に爆発したものだった。

何食わぬ顔で半蔵に近付き、良材と手を組んでまで佐和との夫婦仲を壊そうとしたことは、やはり許せるものではない。

表向きは殊勝に振る舞っていると思うほど、腹も立つ。

ついには一緒に芝居を見物するのも耐えがたくなり、千香を連れて茶屋の座敷に戻ってきたのだ。

やり方としては、甚だ拙い。

千香がその気になれば、半蔵を破滅させるなど容易いからだ。

大御所も将軍も手を付けるに至らなかったとはいえ、千香は大奥の上つ方から気に入られている御中臈。

宿下がり中の警固を頼んだ半蔵が無体に及んだと訴え出れば、無実であろうと有無を言わせず、切腹させられるのは目に見えている。

良材が言っていたように瓦版《かわらばん》で事実無根の噂を流すまでもなく、佐和ともども世間体を失うのは必定だった。

それにしても、どうして千香は責められるがままになっているのか。

企みが露見した以上は、申し開きをしたところで無駄なこと。

ならば謝るよりも威光を振りかざし、やり込めるべきだろう。

本音を隠して接することができず、耐えきれずに怒りをぶちまけるような単純な男など、手のひらの上で転がせばいい。

なぜ、さめざめと泣いてばかりいるのか。

先に耐えきれなくなったのは、やはり半蔵。

「何とか申さぬか、千香殿っ」

「お……お許しを……」

「その言葉は聞き飽きたわ。しかと存念を申さぬか！」

「こ……これが妾《わらわ》の本音にございまする……」

「白々《しらじら》しいことを申すでないわ」

半蔵は受け付けようともしない。

武骨者ほど、怒らせると厄介なものである。

そのことを、千香は嫌と言うほど思い知らされていた。

罵倒《ばとう》されて覚えるのは、悔しさよりも自責の念。

半蔵は、思った以上に純粋な男なのだ。

佐和のような女と十年も暮らしていれば疲れ果て、機会があれば喜んで浮気に及ぶに違いない。斯様に思えばこそ、誘いをかけたのだ。

しかし、それは甘い考えだった。

半蔵は、自分が手に負える男ではなかった。

影御用として難題を押し付けられても屈することなく、警固ばかりか身の回りの世話まで甲斐甲斐しくこなしていながら一線は踏み越えず、平勘定の役目も手を抜こうとはしなかった。

これほどの男だから、佐和と一緒にいても耐えられるのだろう。

はっきりと分かったのは、伝兵衛と交代で遺漏《いろう》無く警固役を務める故、日中は勘定所勤めをさせてほしいと申し出られたときだった。

日常に不満を抱いていれば、これ幸いとばかりに勤めなど休むはず。

婿入り先の代々の職だけに勘定所を辞めることはできないまでも、怠ける機会を常に窺っていてもおかしくない。

だが、半蔵は違う。

以前はどうあれ、今は平勘定の職を全うしようと頑張っている。

不向きな役目を投げ出さず、愛する妻のために励んでいるのだ。

とんだ邪魔をしてしまったものである。

千香はいたたまれない限りだった。

先程から口にしている謝罪の言葉も、偽りではない。

ところが、半蔵は一向に受け付けようとせずにいる。

天井裏の梅吉も、さすがに見かねていた。

（いい加減に許してやれよ、サンピン……）

事情を聞けば、千香が悪いのは分かる。

とはいえ、ここまで怒りをぶちまけるのは行き過ぎというもの。

できることなら下に降り立ち、仲裁をしてやりたかった。

しかし、傍らの孫七の考えは違っていた。

（これでいい……悪しき女子《おなご》には、ふさわしき報いぞ）

そう考えるのも佐和びいきであると同時に、千香が甘いと見なせばこそ。

ひとたび大奥に奉公したからには、不遇な身となることもあらかじめ覚悟するのは当たり前。

誰もが将軍のお手つきとなり、玉の輿《こし》に乗れるわけではないのだ。

にも拘わらず、大奥の女たちは高慢そのもの。身近で世話にならざるを得ない広敷伊賀者の機嫌は取るくせに、御庭番の下忍などは人扱いをせず、犬猫どころか鼠《ねずみ》でも見るような態度で侮蔑《ぶべつ》する。

そんな目に遭ってきた孫七が、千香に同情できるはずもなかった。

それに、千香は佐和から半蔵を奪おうとした痴《し》れ者。

きつい口調で半蔵から責め立てられる様を目の当たりにしても、まったく心は痛まない。逆に半蔵が千香に同情し、浮気に及んでいたならば、問答無用で斬り捨てていたかもしれなかったが、この様子ならば万が一にも二人が惚れ合うことなど有り得まい。

（いいぞ笠井……もっと言うてやれ）

焦《じ》れる梅吉をよそに、孫七は胸の内で快哉《かいさい》を叫んでいた。

半蔵は、天井裏の二人には気付いてもいない。

御庭番あがりの孫七はともかく、梅吉は焦る余りに気配を完全に消せていないというのに、怒りのせいで勘が鈍っているのだ。

茶屋の人々は誰も姿を見せない。

男女が二人きりで部屋を取っていれば、痴話喧嘩《ちわげんか》が起きるのは珍しいことではない。

刃傷沙汰にまで及べば話は別だが、少々声を荒らげた程度で仲裁しに駆け付けはしないのだろう。

しかし、さすがの半蔵も声を張り上げるのに疲れてきた。

「少し頭を冷やされよ……」

泣きじゃくる千香に告げ、大儀そうに立ち上がる。

勘定所から真っ直ぐに駆け付けたため、半蔵は裃姿のままだった。

堅苦しい着衣のままでいては落ち着かないし、そろそろ厠《かわや》にも行きたい。

邪魔な肩衣を外し、半袴を脱ぐ。

床《とこ》の間に歩み寄り、刀と揃えて脇差を置く。

「半蔵さま」

その背に向かって、千香がおずおずと呼びかけた。

「妾を……好きにしてくださいませ」

立ち上がり、裲襠をはらりと落とす。

「埒もないことを申されるな」

半蔵は受け付けようともしなかった。

重ね重ね、呆れたことである。

男が服を脱いだからといって、その気になったと勘違いするとは何事か。

平然と袢を畳み、熨斗目の着物一枚の姿になる。

背中越しに告げる口調も素っ気ない。

「謝罪のために身を投げ出すなど、恥ずべき振る舞いであろうぞ」

「ち、違いまする」

声を震わせながら、千香は懸命に言い募る。

「半蔵さまをお慕《した》い申し上げる気持ちに、偽りなどございませぬ」

「左様に言われて、信じると思うのか」

「それは……」

堪らずに千香は黙り込む。新たな涙が、頬を伝って流れ落ちた。

切ない女の顔に、半蔵は目も呉《く》れない。

ずっと背中を向けたまま、振り返ろうともしなかった。

「無駄なことだと分かっておるならば、はしたない真似は止められよ」

袴の下ではしょっていた裾を直し、襟を正す。

徐々に怒りは鎮《しず》まり、強張っていた表情も和らぎつつあった。

されど、まだ千香を許すことはできない。

この女は半蔵と佐和の仲を裂こうとした、憎い相手なのである。

もしも男が同じ真似をしたならば、命までは取らぬまでも、半殺しにしてやらなければ気が済むまい。

だが、千香は女の身。

背負った威光がどれほどのものであろうと、個人としては弱い存在。

許せぬまでも、暴力まで振るう気にはなれなかった。

いずれにせよ、警固役は今日でお終いだ。

二度と顔を合わせることもないと思えば、少しは怒りも薄らぐ。

「厠に行って参る……そなたも早々に立ち去られよ」

「半蔵さま……」

追いすがろうとしながらも、千香は前に出られない。

障子を開けて出て行く半蔵の背中を、切なげに見送るしかなかった。

天井裏の梅吉と孫七は、すでに姿を消していた。

無言の内にうなずき合って退散したのは、半蔵が裃を脱ぎ出す前のこと。

浮気をするまでには至らなかったのを見届けて、梅吉は一安心。

行き過ぎたやり方だったとはいえ、千香を振り切ってくれたからには、佐和の耳に余計な話を入れなくて済む。疑わしいことは何もなかったと佐和に知らせて安心させ、駿河台の屋敷に使いを遣って迎えに来てもらえばいい。

佐和びいきの孫七も、千香がやり込められる光景を見届けて満足だった。欲を言えば今少し痛め付けてほしかったが、あれで半蔵の怒りが収まったのならば何も言うまい。今後は佐和のみを大事にしてくれれば、それでいい。

それぞれの思惑は違っても、安心したのは同じこと。

だが、早々に去ったのは甘かった。

「……千香殿?」

厠から戻るや、半蔵は目を疑う。

まだ座敷に残っていた千香が、見知らぬ男たちに刃を突き付けられている。

「何奴!」

眦《まなじり》を決したものの、こちらは丸腰。
刀ばかりか脇差まで置きっぱなしにしたのは、らしからぬ失態だった。
しかも、敵は半蔵が戻るのを待ち伏せていた。
身構えるより早く、背後から振り下ろされたのは備え付けの燭台《しょくだい》。
狙い澄ました一撃を喰らい、たちまち意識が遠くなる。
「半蔵さま！」
千香の悲鳴を耳にしながら、半蔵は失神してしまった。

第四章　囚われた二人

一

日暮れ前の芝居町で発生した、思わぬ凶事。

それは幕府に叛意《はんい》を抱く者たちが引き起こした、籠城《ろうじょう》事件だった。

芝居茶屋に立て籠《こ》もり、客と奉公人をまとめて人質に取った賊《ぞく》の正体は、大塩平八《おおしおへいはち》郎《ろう》一味の残党。

事件の知らせは、早々に南北の町奉行所にもたらされた。

「か、笠井半蔵まで囚われたと申すのか？」

報告を受けるや、定謙は愕然《がくぜん》とした。

火盗改あがりの南町奉行は五十三歳。

齢《よわい》を重ねても持ち前の豪胆な気性は健在の偉丈夫《いじょうぶ》だが、斯様な折に頼りになる半蔵が逆に囚われたとあっては、さすがに緊張の色を隠せない。

かつて大坂で挙兵した大塩一味の残党が江戸市中で騒ぎを起こすのは、これが初めてのことではなかった。

四年前の天保八年（一八三七）に兵を挙げた大塩平八郎は、大坂東町奉行所で名与力と呼ばれた人物。同じ時期に西町奉行を務めていた定謙は公私共に親しくしていたものの、なぜか挙兵に際して「奸佞《かんねい》」呼ばわりされ、悪名高い東町奉行だった跡部良弼《あとべよしすけ》らと同列に扱われていた。

亡き平八郎の門人たちは師の言葉を信じ込んでいるらしく、去る二月に吉原《よしわら》の遊郭《ゆうかく》で一味の残党が籠城した際には人質にされてしまい、巻き込まれた梶野良材ともども、こっぴどく痛め付けられたものだった。

それにしても、まさか再び一味が事件を起こすとは定謙も思っていなかった。

二月の籠城事件は半蔵が奮戦したおかげで解決し、捕らえられた連中は死罪に処された。あれで壊滅したと思いきや、まだ仲間が残っていたのだ。

吉原で事件の解決に貢献したのを承知の上で人質にしたのであれば、半蔵の命が危ない。

一刻も早く助け出したかったが、他にも人質が取られているとあっては迂闊《うかつ》に動けない。

囚われの身になっているのが半蔵だけならば内と外で呼応し、敵の隙《すき》を突いて反撃させるという作戦も採れるだろう。

だが他の人質は芝居見物に来ていた、何の関わりもない者ばかり。しかも大店《おおだな》の隠居や家付き娘も数多いとあっては、見殺しにもできかねる。

一味の虜《とりこ》にされた人々の中で、最も配慮を要するのは大奥の御中臈《おちゅうろう》。

「千香と申さば、佐和殿と若い頃に評判を競った、あの女子のことか……？」

「左様にございまする」

唖然とする定謙にうなずき返したのは内与力の金井権兵衛《かないごんべえ》。

元は矢部家の家士頭で、定謙が南町奉行の職に就くと同時に取り立てられた身であった。

実直者の権兵衛は、あるじの定謙にも増して緊張を隠せずにいる。

「それがしが聞き及びましたるところ、千香殿は広大院様に専行院様、さらには上臈《じょうろう》御年寄《おとしより》の姉小路様と、大奥を仕切る方々のお気に入りとの由《よし》にござる。何としても助け出さねば、お奉行の進退に拘わりますぞ」

「うーむ……」

定謙は思わず頭を抱えてしまった。

懊悩《おうのう》するのも無理はない。

定謙は南町奉行として、もはや失点を許されぬ立場だからだ。

過日の奉行所内での刃傷沙汰は何とか始末が付いたとはいえ、一度ならず二度までも大塩平八郎がらみの事件に巻き込まれれば、問われる責任は大きい。

すでに相手は死して久しく、生前に買った遺恨も身に覚えのない逆恨みでしかなかったが、そんな言い訳など幕閣《ばっかく》のお歴々は許すまい。

彼らにとっても、これは進退に拘わる一大事だからだ。

年明け早々に大御所の家斉公が亡くなり、名実共に将軍となった家慶公の下で新たな体制が発足したばかりというのに、斯様な事件で水を差されてしまっては堪《たま》ったものではないだろう。

この事件、無事に解決できて当たり前。

犠牲者が出れば定謙が罷免《ひめん》されるだけでは済まず、慮外者《りょがいもの》どもを取り逃がしたとなれば腹を切らされるのは必定《ひつじょう》だった。

「殿……」

頭を抱えた定謙を前にして、権兵衛は困惑を隠せない。

そんな主従の姿を盗み見て、物陰で一人の男がほくそ笑んでいた。

身の丈は六尺に近く、半蔵に劣《おと》らず背が高い。

目鼻立ちこそ整っているが、何ともふてぶてしい面構《つらがま》えであった。

（愚かな奉行じゃ。人質などに構わず、一網打尽にいたせば良いものを……）

酷薄な笑みを浮かべつつ、胸の内でつぶやく男の名は三村右近、二十八歳。

南町奉行職を虎視眈々《こしたんたん》と狙う鳥居耀蔵が、有能な人材を提供すると偽って定謙を騙《だま》し、同心の中に潜り込ませた密偵である。

腕こそ立つものの謙虚さなど欠片《かけら》も無く、不真面目な右近は最初の頃こそ同心部屋で期待の星と目されたものの、近頃は敬遠されている。もとより出世をするために南町に来たわけではない右近は平気の平左で、こたびの籠城事件の解決に腕を振るって名誉を挽回《ばんかい》する気など、微塵《みじん》も有りはしなかった。

そんな右近が残念に思うのは、思わぬ形で半蔵の命が危険に晒されたこと。

もしも籠城の人質にされていなければ、こちらが引導を渡すつもりだった。

かねてより定謙に肩入れし、耀蔵の野望を阻《はば》んできた半蔵は右近の敵。

抹殺《まっさつ》の命を受け、これまでに幾度となく刃を交えてきた。

個人としても気に食わず、折さえあれば倒したい相手である。

右近は明日から半蔵を尾行し、千香と間違いを犯すのを待って現場を押さえることになっていた。

あるじの耀蔵から命じられたのは密通の動かぬ証拠を摑んだ上で、半蔵はもとより千香まで脅しつけること。

黒幕は耀蔵の上に立つ、老中首座の水野忠邦であった。

倹約令を根幹とする緊縮財政を徹底させたい忠邦は、金を食うばかりの大奥の力を何とかして削ぎたい。

専行院ことお美代の方は感応寺の件でいずれ失脚させればいいが、広大院らの信頼も厚い、千香の存在は目障りだ。

そこで懐刀《ふところがたな》の耀蔵に命じ、大奥から追放する策を講じさせたのである。

切れ者の耀蔵が女の嫉妬《しっと》と浅知恵に乗せられた振りをし、半蔵を佐和から奪うという愚かな話に協力したのも、すべては計算ずくだった。

計算高いようでいて、千香は甘い。

もっともらしいことを言いながら、要するに町中で窮地から救ってくれた半蔵に一目惚れし、手に入れたくなっただけにすぎないと耀蔵は気付いていた。

ならば望み通りに半蔵をあてがってやり、念願の情を交わすところまで行くのを待って引導を渡せばいい。かの江島生島の事例に則せば、二人とも良くて遠島は免《まぬか》れなかったに違いない。

愚かな女の計画を逆手に取ったのは、耀蔵らしいことと言えよう。

思わぬ邪魔が入ったものの、結果さえ同じになれば構うまい。

（そうか……そういうことだな……）

何を思いついたのか、右近は邪悪な笑みを浮かべた。

まだ結論が出せずにいる定謙と権兵衛を尻目に、戻った先は同心部屋。

奉行の方針が定まらぬために右往左往する与力と同心たちに構わず、そそくさと退出していく。

籠城事件の決着が付くまで出仕せず、現場に張り付くつもりであった。

立て籠もった一味が確実に亡き者にしてくれるのなら手間も省けるが、半蔵は敵ながら侮れぬ相手。隙を突き、千香と共に脱出する可能性も有り得る。

ならば、出てきたところを斬ってしまえばいい。

妙案を思いついた以上、行動に移すのみ。

数寄屋橋の奉行所を後にして、向かうは八丁堀の組屋敷。

独り暮らしの屋敷には、専《もっぱ》ら寝るために帰るのみ。

ほとんどの日は岡場所などで夜を明かし、酒と白粉《おしろい》の臭いを染み付かせたまま出仕するので、屋敷の中は散らかり放題。

ところが、帰ってみると玄関先が箒《ほうき》で掃いてある。

式台も雑巾がけがされており、廊下まで磨き上げられている。

留守の間に屋敷に上がり、掃除を済ませてくれた奇特な人物は、縁側に面した部屋で明かりも点けず、黙然と茶碗酒を傾けていた。

三村左近、二十八歳。右近とは血を分けた、双子の兄だ。

顔の造りこそ弟と瓜二《うりふた》つだったが、自堕落な雰囲気しか漂わせていない右近と違って、たたずまいに気品がある。

身なりも同様で、残暑の厳しい最中でも着流し一枚で過ごすことなく、きちんと袴を穿いていた。

「……来ておったのか、兄者」

歩み寄った右近は、礼も告げずに腰を下ろす。

不作法なのはいつものことらしく、左近は怒りもしない。

ただ一言、淡々と告げただけであった。

「散らかすにも程があろう……埃《ほこり》は心の曇《くも》りぞ」

「ふん、坊さんじみた説教は止めてくれ」

呑みかけの茶碗を引ったくり、ぐいっと右近は一口呷《あお》る。

「時に兄者、いつ江戸に戻ったのだ」

「昨夜は内藤新宿に泊まり、鳥居様にはご出仕前に報告を済ませた。当分は好きに過ごして構わぬとお許しを頂戴した故、今日は一日、愛宕《あたご》の山にて気を鎮《しず》めて参ったよ。こたびも少々、人を斬《き》りすぎた故《ゆえ》な」

「ふん、どのみち生かしておいても益《えき》のない輩《やから》であろうが」

空にした碗を置き、右近は立ち上がる。

「俺はしばらく留守にするぞ。屋敷は好きに使うてくれて構わぬ故、掃除でも何でも勝手にしてくれ」

「帰宅して早々に、また何処へ参るのか」

「笠井半蔵と決着《けり》を付ける。邪魔をいたすでないぞ」

背中越しに告げながら、右近は手早く着替えを済ませた。

兄と同様に夜目が利くので、暗がりでも不自由はしない。

袴は穿かず、着流しの腰に大小の二刀をぶち込む。

振り向くことなく出て行くのを、左近は止めようとはしなかった。

「笠井が逃れ出るのを待ち伏せ、不意打ちいたす所存か……わが弟ながら、どこまで性根が腐っておるのか……」

つぶやく左近は、芝居町で籠城事件が発生したのを承知の上。

現場に居合わせた半蔵が巻き込まれ、人質にされてしまったことも、右近から知らされるまでもなく把握していた。

それでいて落ち着いていられるのは、半蔵に期待を寄せていればこそ。

「二度は助けぬ。見事に脱してみるがいい……」

期待を込めて、左近はつぶやく。

孤高の剣鬼にとって、半蔵は無二の好敵手。

必ずや生きて戻ると信じる気持ちは、どこか友情めいたものであった。

（何てこった……）

現場を取り囲んだ野次馬たちの直中《ただなか》で、お駒は絶句していた。

去る二月に梅吉、そして半蔵と力を合わせ、無事に解決するに至った吉原遊郭での立て籠もりよりも、事態は深刻。

人質に取られたのは、折悪《おりあ》しく芝居茶屋に居合わせた老若男女であるという。

吉原で定謙と良材が囚われたときには半ばいい気味と思えたが、こたびは堅気の町人たちの命が懸かっている。

しかも、捕まったのは赤の他人だけではないのだ——。

二

夜が更け行く中、芝居町は静まり返っていた。

いつもであれば舞台が幕になった後、挨拶《あいさつ》回りに訪れた役者衆を贔屓筋《ひいきすじ》が座敷に迎えて、宴《えん》もたけなわの頃である。

しかし、今は酒宴どころではない。

囚われた人質たちは広間に集められ、凶刃を手にした面々の厳しい監視の下に置かれていた。

芝居見物で楽しく過ごすはずが、とんだ災難に巻き込まれたものだ。

老いも若きも震えるばかり。

弱気な態度が災いして、悪しき一味は付け上がっていた。

「情けないやっちゃ。そんなんで、よう商いができるもんやな」

「そやから江戸は緩《ゆる》いねん。ほんまに生き馬の目ぇ抜きよるんは上方《かみがた》やで」

商人めいた言葉を交わすのは、千香を捕まえた浪人の二人組。

そして半蔵を失神させた小柄な男は、一味の頭目《とうもく》だった。

「お前《ま》はんらも気の毒やが、覚悟を決めてもらうでぇ」

「おぬしら、我らを何とする所存か……」

殴られた首筋の痛みに耐えながら、半蔵は頭目に問いかける。

「知れたこっちゃ。身代をたんまり頂戴するんや」

「それが狙いで、芝居茶屋を襲うたのか」

「その通りや。金持ちがぎょうさん集まっとるって聞いたさかい。まぁ、他にも狙いはあるんやけどな」

「分かっておるぞ。吉原を襲いし仲間に続いて芝居町でも騒ぎを起こし、華のお江戸の護りは緩いと、津々浦々に知らしめる所存であろう?」

「何や、ばれとったんかい。可愛《かわい》ないやっちゃ」

頭目は顔をしかめた。

五尺そこそこの小男だったが、油断ならない。それなりに腕が立つのも、千香を捕らえた二人組ともども不意を突いたとはいえ、半蔵を一撃の下に失神させたことから明らかだった。

この主だった三名の他に、浪人が五名。

さらに一人、意外な者が仲間に加わっていた。

「木島様……」

「そなた如きに袖にされて自棄《やけ》を起こしたと思うでないぞ、千香殿。それにしても我らが蜂起《ほうき》の場に居合わせるとは、運の悪いことであったのう」

驚く千香に冷笑を浴びせたのは、木島泰之進。

目的こそ大きいものの江戸に不案内な一味を手引きし、芝居茶屋を襲撃させたのは過日に半蔵にしてやられた、この男だったのだ。

仮にも旗本でありながら、大それた真似をするものである。

理由は当人の口から明かされた。

「俺はこれでも陽明学を学びし身。知行合一《ちぎょうごういつ》を以《もっ》て世を正さんとする志を抱いておったのだ」

「これはまた、ご大層なことを仰せになられますのね」

千香は負けじと言い返す。

いつもの気の強さを、早々に取り戻したらしい。

両腕を背中に廻して縛《しば》り上げられ、身動きを封じられながらも、凶暴な男たちを前にして怯《ひる》んではいなかった。

「女子を誑《たぶら》かし、金品を巻き上げるのが、貴方様の知行合一なのですか？」

「何とでもほざくがいいわ。強がっておられるのも、今のうちだからのう」

嫌みを言われても、泰之進は涼しい顔。

「そなたを生かすも殺すも我らの胸先三寸ぞ。そのうちに泣いて命乞いをいたすのを楽しみにしておるわ……はははは」

哄笑《こうしょう》を浴びせつつ、泰之進は立ち上がった。

「そろそろ表も騒がしゅうなって参ったな、森殿」

「そやな。こっちもぼちぼち、いてこまそか」

森と呼ばれた小男の頭目は、傍らの二人組に命じた。

「新藤、川野、こいつらの見張りはわいが引き受けるよって、お前はんらは鉄砲方に廻ってくれるか。舐《な》められたら終いやからな」

「よろしおま。任せとってください」

「腕が鳴るわぁ」

浪人たちは嬉々として腰を上げ、隠し持っていた包みを拡げる。

取り出したのは、二挺の火縄銃。

江戸に持ち込めぬはずの得物《えもの》は、泰之進が手配したものだった。

「正気なのですか、木島様」

千香は信じがたい様子で問うた。

「貴方は三河以来のご直参でありましょう？　畏《おそ》れ多くも徳川様のお膝元で大それた真似をしでかして、ご先祖様に何と申し開きをなさるおつもりですかっ」

「ふん。微々たる禄をお情けで頂戴いたすも、疾《と》うに飽いたわ」

「何と罰当たりなことを……」

開き直った男の態度に、千香は絶句する。

半蔵も呆れずにはいられなかった。

だが、今は手をこまねいている場合ではない。

銃まで持ち出されては、騒ぎが大きくなるのは必定。

応戦するために幕府の鉄砲方まで出動すれば、囚われた人質たちまで流れ弾に当たる危険が生じるばかりか、市中での銃撃戦を阻止できなかった南北の町奉行の進退まで問われかねない。

半蔵がかねてより敬愛する矢部定謙はもとより、北町奉行の遠山景元も江戸の民にとっては大事な存在。

二人の名奉行が失職すれば、情の無い幕政改革を推し進める水野忠邦一派が更に増長するのは目に見えている。

何とか止めねばなるまいが、人質を取られていては迂闊に動けない。

忍びの術を心得た半蔵にとって、縛られた縄を解くぐらいは容易《たやす》いこと。

されど、他の人質たちを護りながら一味を倒すのは難しい。

手を出せぬ以上は言いくるめるしかあるまいが、半蔵は生来の口下手である。

迂闊なことを口にして、鉄砲を用いるのを思いとどまらせるどころか刺激してしまっては、元も子もない。

頼れるのは千香のみだった。

散々怒鳴りつけておきながら、虫の良い考えかもしれない。

しかし、今は彼女に任せるしかあるまい。

新藤と川野は、慣れた手付きで鉄砲に玉を込めている。

頭目の森は他の人質たちに抜き身を向け、妙な動きをする者がいないかどうか油断無く視線を巡らせていた。

泰之進は窓辺に立ち、表の様子を窺《うかが》うのに忙しい。

その隙を突いて、半蔵は千香に視線を投げかける。

気付いた千香が、ふと顔を上げる。

だが、半蔵と目を合わせてはくれなかった。

ぷいと横を向くや、再びうつむく。

きつく罵倒《ばとう》された後とあっては、無理もあるまい。

それでも半蔵は諦《あきら》めない。

言い過ぎたことの反省を込め、無言の内に助けを求めたのだ。

言葉を発するわけにはいかないのが、もどかしい。

と、今度は千香から視線を向けてきた。

恨みがましさを感じさせる、冷たい眼差《まなざ》しだった。

まだ怒っているとしても、無理はあるまい。半蔵が観劇半ばで芝居小屋を抜け出し、無理やり千香を連れて茶屋に戻って来たりしなければ、籠城《ろうじょう》の人質に取られる羽目にもならなかったからだ。

今となっては、反省の意を目で示すより他にない。

ひたむきに半蔵は視線を送り続けた。

その視線を遮ったのは、泰之進。

「おい、何をじろじろ見ておるのだ？」

居丈高に告げるや、半蔵の襟を摑む。

「今になって惜しいとでも思うておるのか、うぬ！」

泰之進に平手打ちを浴びせられ、半蔵はよろめく。

そんな騒ぎに構うことなく、新藤と川野は立ち上がった。

すでに鉄砲の支度は調い、いつでも発射できる状態になっている。

部屋を出て行く前に止めなければ、手遅れだ。

「ま、待て……」

泰之進に襟元を摑まれたまま、半蔵は懸命に声を上げようとする。

そこに割り込んだのは、優雅な一言。

「各々方《おのおのがた》、急いては事を仕損じますぞえ」

「なんやねん、色っぽい声出しよって」

真っ先に反応したのは森だった。

廊下に出ようとしていた新藤と川野も、即座に踵《きびす》を返す。

泰之進までが、半蔵に振り上げた手を思わず止めていた。

四人の視線を集めるや、千香は婉然《えんぜん》と微笑み返す。

「お手間は取らせませぬ。妾《わらわ》の話を聞いていただけますか」

「なんぼでも聞いたるがな、言うてみい」

たちまち乗ってきた森に続き、新藤と川野も耳を傾ける。

こうなれば、泰之進も余計な口は挟めない。

満を持し、千香は言葉を続けた。

「まずはおうかがいいたします。皆様のお望みは、何でありましょう」

「決まっとるがな。大塩先生のご遺志を受け継ぎ、腐りきった柳営の奴らに思い知らせてやるこっちゃ」

「矢部のガキも、いてもうたらなあきまへんで」

すかさず言い添えたのは新藤。

「そやそや。奸佞《かんねい》どもは皆殺しにせなあかん！」

傍らの川野も、力を込めて言い放つ。

と、泰之進が遠慮がちにつぶやいた。

「それも大事だが、まずは先立つものが要るであろうな……」

「その通りでございますよ、木島様」

水を差された森たちがいきり立つより早く、千香は言った。

「ご公儀と一戦交えんとする皆様のお志は見上げたものにございまするが、何を措いても先立つものはお金にございまする」

「そんなことは分かっとるがな。上方者を舐めたらあかんで」

「相済《あいす》みませぬ。左様に仰せでしたら尚のこと、急いてはなりませぬぞえ」

憮然と答えた森に負けじと、千香は言葉を続けた。

「皆様がまず為されるべきは、この者どもをお金に換えることでありましょう」

悠然と告げるや、千香が視線を向けた相手は人質たち。

森たちに愛想を振りまいていたときとは一転し、視線は冷たい。

続いて口にしたのも、情など皆無の言葉だった。

「妾が見受けましたるところ、この者どもは商いで私腹を肥やし、金に飽かせて分不相応の遊興《ゆうきょう》に耽《ふけ》りし輩揃い。どうかご存分に身代を巻き上げ、お志を叶える費《つい》えに役立てなされませ」

たちまち怒ったのは、侮蔑《ぶべつ》された町人たち。

「何てことを言うんですか、お女中！」

「お前さんも捕まってるのは同じじゃないか。あたしらはどうなってもいいってのかい！」

いずれも先程まで千香に同情し、泰之進にいたぶられるのを気の毒そうに眺めやっていた人々である。その千香が豹変《ひょうへん》し、幾らでも金を取って構わないと言い出したとあっては、憤《いきどお》るのも無理はない。

しかし、女夜叉《にょやしゃ》は涼しい顔。

「黙り居れ、素町人ども。命が金で購《あがな》えるのならば、安い買い物であろう？」

さすがに一同も黙らざるを得なかった。

千香の言葉に呼応し、森たちがしきりにうなずいていたからである。

「大したもんやなぁ、わいらも顔負けやで」

感心しきりで森はつぶやく。

「ほんなら姉さん、どないにして身代を頂戴しまひょ」

「良き策がありまする。聞いてくださいな」

「当然でんがな。ほれ、お前はんらも聴かせてもらい」

すっかり千香を信用したらしい森に促され、新藤と川野は跪《ひざまず》く。

急いて銃撃戦に突入することなど、もはや考えてもいなかった。

すでに役者はもとより芝居小屋の客も残らず避難し、茶屋の周りは捕方たちに囲まれていた。

三

指揮を執るのは矢部定謙。

北町奉行の遠山景元も配下を引き連れ、応援に馳《は》せ参じていた。

「夜陰に乗じて乗り込みますかい、駿河守様？」

「急くでないわ、左衛門尉……」

血気に逸《はや》る景元を、定謙はやんわり押しとどめる。

「助勢は有難いが、無茶をして貰《もろ》うては困るぞ。虜《とりこ》にされし者たちを無事に救い出すことを、まずは考えねばなるまい」

「攻めるが勝ちって考えもありますぜ、駿河守様。長丁場で人質が参っちまったらどうなさるんです？」

伝法《でんぼう》な口調でまくし立てる景元は、当年四十九歳。

すでに若いとは言えぬ歳だが、気性は金四郎の名で放蕩《ほうとう》無頼《ぶらい》をしていた当時とさほど変わっていない。

たしかに、強行突入も有りだろう。

敵の頭数は、多く見ても十人はいない。

人質を監視しやすいように一箇所か二箇所に集めた上で、突入を警戒して護りを固めているとしても、必ずや隙はある。

「北町の高田なら、いつでも突っ込ませる支度ができておりやすよ。そちらさんにも、三村って腕っこきがいるんでござんしょう?」

「あやつならば同道させてはおらぬ……今宵《こよい》は様子を見るにとどめる所存ぞ」

定謙は、あくまで慎重な姿勢を崩さない。

本音を言えば自ら陣頭に立ち、斬り込みをかけたいところだった。

敵の狙いは、おおよそ見当が付いている。

吉原に続いて芝居町で騒ぎを引き起こしたのは、諸国に潜伏している大塩一味の残党の士気を高めるためと見なしていい。将軍のお膝元たる江戸の護りが存外に脆《もろ》く、幕府の威光も大したものではないと思わせることができるからだ。

噂《うわさ》が拡がる前に、事態を収拾しなくてはなるまい。

そんな上《うえ》つ方《かた》の思惑など、お駒と梅吉の知ったことではなかった。

店を訪れた客たちから事件が起きたと聞かされ、居ても立っても居られずに早終いして駆け付けたのである。

人質の中には、大奥の御中臈とお付きの侍がいるらしい。

千香ばかりか半蔵も騒ぎに巻き込まれ、虜にされてしまったのだ。

お駒は気が気ではなかった。

佐和には半蔵は勘定所に泊まり込みの御用があると偽りを告げ、ひとまず安心させた上で、屋敷まで送り届けた後である。

今夜のところはごまかせるだろうが、噂が拡がって耳に入れば万事休す。その前に半蔵を助け出し、佐和の許に帰してやりたい。

そんな一念で馳せ参じたものの、捕方たちに阻まれて近付けない。

このままでは埒《らち》が明かず、苛立つばかりだった。

「お前が付いていながらどういうこったい、梅！」

「すみやせん、姐さん。まさか俺らの引き上げた後で、こんな騒ぎになっちまうとは思いもしなかったんで……」

反省しきりの梅吉は、孫七を同行させていた。

「お前さんにも手を貸してもらうぜ。文句はあるめぇな？」

「承知したと申しただろう。何度も言わせるな」

仏頂面で答えながらも、孫七はやる気になっていた。

半蔵がどうなろうと構わぬが、佐和を悲しませたくない気持ちは盗っ人あがりの二人と同じ。床《とこ》の中で眠れぬまま夜を明かすよりは、救い出す機を窺いながら現場に張り付いていたほうがいい。

それにしても気になるのは、中の様子である。

「あっしが忍び込んでみましょうか、姐《あね》さん？」

「行ってくれるかい、梅」

「合点《がってん》でさ」

走り出そうとした刹那《せつな》、ぐっと梅吉は引き戻される。

肩を掴んだのは孫七だった。

「な、何をしやがる⁉」

「待て……あれが見えぬのか」

孫七が指差したのは、芝居茶屋の表。

屋号が書かれた五尺の大提灯《おおぢょうちん》に火は入っておらず、照明は捕方たちが手にした御用提灯、そして周囲に焚かれた篝火《かがりび》ばかり。

煌々《こうこう》と照らされる中で、おもむろに表の板戸が開く。

次々に運び込まれていくのは千両箱。

知らせを受けた人質の家族が、取り急ぎ運ばせた身代金だ。

一味の手口が巧妙なのは、遠間に置かせた身代金を人質に自ら運ばせ、運搬を終えた者から順番に解放していることだった。

感心と言うべきか、誰一人として勝手に逃げ出そうとはしない。大店の隠居ばかりか若い家付き娘まで、黙々と作業に勤しんでいた。

茶屋の奉公人も、全員無事に解き放たれた。

身代金を払ったのは、家族ではない。

人質にされた客たちが余分に用意させた金で、命を救われたのだ。

最後の千両箱が運び込まれたのに続いて、届いたのは二通の書状。

持ってきたのは人質の身内ではなく、江戸市中で手紙や荷物のやり取りを請け負う町飛脚だった。

受け取りに出てきたのは、籠城した一味の浪人。

怯《おび》えながら飛脚が走り去るや、表通りに面した板戸は閉じられた。

とうとう解放されなかったのは、千香と半蔵の二人のみ。

「妙だな……」

「どういうこった、孫七さん」

「千香殿の生家は御大身の旗本ぞ。火急の折とあらば費えを惜しまぬはずだ」

「だったら、どうして誰も身代を持ってこないんだい」

梅吉は怪訝そうに問い返す。

「そうだよ。稀有《けぶ》(奇妙)なこったねぇ」

お駒も不思議に思わずにいられなかった。

「その御中臈は大奥のお偉いさんのお気に入りなんだろう? だったら千両箱の二つや三つ、可愛がってるお女中のためなら安いもんじゃないか」

「そのはずなのだが……解《げ》せぬのう」

孫七は首を傾《かし》げる。千香とは直に接した覚えがあるだけに、尚のこと不可解に思わずにはいられない。

しかし、板戸は再び開きそうになかった。

千両箱を積んだ荷車や駕籠《かご》が、新たに到着する気配もなかった。

なぜ、誰も千香を引き取りに現れぬのか。

むろん、一番気に掛かるのは半蔵のこと。

梅吉から知らせを受けた孫七が取り急ぎ探ったところ、半蔵が囚われた事実の報告は良材の意向によって差し止められ、佐和ばかりか勘定所の組頭や同僚の平勘定たちにも、まったく伝えられていない。

影御用を命じたことが露見するのを恐れての処置なのだろうが、このままでは誰も半蔵を助けには来ない。

幾ら待っても身代金が届かぬどころか、身を案じてさえもらえないのだ。

つまり、半蔵には自力で脱出する以外に助かる方法は無いのである。

「何をいたしておるのだ。高慢な女など打ち捨てて、一人で疾《と》く逃れ出れば良いものを……」

「そんな真似ができるお人なら、十年もあの奥方と暮らすはずがないさね」

孫七のつぶやきを耳にして、ふっとお駒は苦笑する。

半蔵が女人に優しいのは、彼女自身も経験済み。

梅吉と孫七が目撃した、千香を怒鳴りつけた顚末《てんまつ》というのは佐和との夫婦仲を裂かれそうになったからであり、本来はそんな真似をする男ではない。

だが、その優しさが枷《かせ》となってしまっては元も子もない。

「こうなったら、みんなで乗り込むしかなさそうだね」

「よろしいんですかい、姐さん」

「当たり前さね。旦那一人じゃ御中臈を連れ出すのが難しいとなりゃ、あたしらが手を貸すしかないだろ」

「へいっ」

お駒の決意に応じ、梅吉は強くうなずき返す。

傍らの孫七に念を押すのも忘れない。

「御中臈は俺と姐さんがお助けするから、お前さんにゃサンピン……いや、半蔵の旦那を任せるぜ」

「承知」

孫七は素直にうなずいた。

半蔵にもしものことがあれば、佐和が悲しむ。

それだけは、絶対に避けたかった。

四

その頃、室田伝兵衛は懸命に刃を振るっていた。

謹慎を破り、屋敷から抜け出そうとしたのを阻んだのは、精悍《せいかん》な武士。

凛《りん》とした瞳と太い眉《まゆ》。顔の形は卵形《たまごがた》。

色白であるのを除けば、半蔵とよく似ている。

村垣範正、二十九歳。

半蔵の異母弟は江戸城中で将軍の身辺を護る、小十人組の一員である。その刀さばきは老いても手練《てだれ》の伝兵衛の上を行き、的確にして力強い。

伝兵衛が斬り合いでは勝てぬと判じ、棒手裏剣を撃っても後れは取らない。

続けざまに弾き飛ばし、近間に踏み入るのと同時に袈裟《けさ》斬りを見舞う。

体に届く寸前、刀身が反転した。斬り下ろす勢いを減じることなく、手のひらの中で柄《つか》を一回転させたのだ。

次の瞬間、峰を返した刀が発止《はっし》と首筋を打つ。

「たまたま通りがかったのが俺で良かったな、室田さん……」

崩れ落ちていく伝兵衛に、範正は伝法な口調で告げる。

峰打ちで失神させるのみにとどめたのは、人を斬るのを好まない、愚直な義兄の影響があればこそ。

その兄が囚われの身になったことは、すでに範正の耳にも届いていた。

同時に宿下がり中の千香が人質にされてしまったことを、伝兵衛は誰から知らされたのだろうか。

範正には、おおよその見当が付いていた。

「女狐《めぎつね》め、用済みの御中臈とまとめて厄介払いするつもりかい……」

毒づきつつ、気を失った伝兵衛を屋敷に運び入れる。

屋敷内は手狭ながら、整理整頓が行き届いていて塵《ちり》ひとつ無い。

とても独り身とは思えぬほど、すがすがしい。

「ゆっくり休んでてくんな。面倒ついでにお前さんの代役もさせてもらうよ」

ぐったりした男の体を布団に横たえ、範正は腰を上げる。

向かう先は芝居町。

半蔵と千香を救うため、夜道を疾駆《しっく》する瞳に迷いはない。

正室の子である範正は、御庭番十七家の村垣一族に連なる身。

大奥ばかりか実家の兄夫婦までが不要と見なし、身代金を払うことを拒絶した御中臈に拘わったと露見すれば、無事では済まない。

それでも駆け付けずにいられないのは、義兄の愚直さに常々呆れていながらも見捨てられぬと思えばこそ。

救出に向かえば罪に問われるのは、伝兵衛も同様だった。

前もって謹慎を命じておき、身動きが取れぬようにした上で千香を陥れようと企むとは、姉小路も狡猾《こうかつ》なものである。

範正が奸計に気付いたのは、上臈御年寄の姉小路が不穏な動きを見せつつあるのを警戒している最中のこと。

計画には勘定奉行の梶野良材、そして目付の鳥居耀蔵が絡んでいた。

老中首座の水野忠邦の懐刀として、二人の策士が大奥の力を削ごうとしているのは姉小路とて承知の上。

それでも手を組んだのは、旧勢力の専行院ことお美代の方を追い落とすという点において、利害が一致したからだった。

大御所の家斉公亡き後、寵愛《ちょうあい》されたお美代の方も落ち目になりつつある。

それでも踏みとどまっていられるのは、実父の日啓が住職を務める雑司ヶ谷の感応寺が奥女中たちに祈禱《きとう》と称し、美僧をあてがう場にしていればこそ。

感応寺を潰す件については寺社奉行の阿部正弘に任せておけばいいが、大奥内でのお美代の方の力を減じる上で、御中臈の千香が邪魔だった。

千香はお美代の方より命を受け、一生奉公の身でありながら大御所も将軍も手を付けてくれずに思い悩む奥女中を感応寺に送り出し、歓を尽くさせて気鬱《きうつ》を散じさせる一方、いつでも奉公を辞めて嫁に行ける下位の女中を厳しく監督し、怠けるのを許さぬ役回りを演じていた。

大奥の風紀を乱すことと糺《ただ》すのを同時に行う千香は、厄介な存在。

格上の者は無聊《ぶりょう》を慰める役に立ってもらって感謝し、格下の者は叱《しか》られるのを恐れている。つまりは上下の両方に顔が利き、お美代の方への支持を取り付けるのも自在であった。

何とか厄介払いしたいと姉小路が願っていた矢先に、自分から男に入れ込んでくれたのは幸いな成り行き。

宿下がりにかこつけて半蔵を誘惑しようと目論《もくろ》んだ千香も、協力を頼んだ良材と耀蔵が、まさか裏で姉小路とつながっていたとは気付かない。

室田伝兵衛に謹慎を強制して身動きを封じ、千香から引き離したのも念には念を入れてのこと。予想外の籠城事件に遭遇せずとも、いずれは耀蔵の手先である三村右近に密通の現場を押さえられ、遠島の憂《う》き目を見る運命だったのだ。

半蔵も、とんだ策略に巻き込まれてしまったものである。

「まったく、運の悪い奴らだなぁ……」

ぼやきながらも、範正は休むことなく疾駆する。

愚直な兄を哀れな女ともども救うため、力を尽くす所存だった。

五

その頃、芝居茶屋の一室では千香が危機に陥っていた。

「これはどういうことでっか、姉さん」

淡々と問いかけたのは森。

先程までの浮かれぶりから一転し、醒《さ》めた表情だった。

その手には、二通の書状が握られている。

一通目の差出人は姉小路。

流麗な書体で書かれていたのは、千香が宿下がり中の警固《けいご》を頼んだ男——笠井半蔵と密通に及び、もはや大奥には置いておけぬため、身代金の支払いには一文たりとも応じかねるとの返答。

二通目は実家の兄が認《したた》めたもの。恥知らずな妹とは縁を切るので、どうとでも好きに扱って構わぬと簡潔に記されていた。

「早い話、お前はんは素町人よりも金にならんちゅうこっちゃな」

「…………」

千香に返す言葉はない。

まさか大奥ばかりか、実家からも見捨てられるとは――。

「ほんま、気の毒なこっちゃ」

森は淡々とつぶやく。

もとより、微塵も同情などしていない。

「身代金はまぁええわ。智恵を出してくれはったおかげで、たんまり頂戴できたさかいな……わいの当てが外れたんは、今のお前はんじゃ退散するときの弾避《たまよ》けにならんちゅうこっちゃ。ほんま、難儀やで」

たしかに、千香を連れて逃げたところで何にもなるまい。

森が泰之進の私怨を交えた話に乗り、千香を虜にしたのは、才色兼備の佳人と評判を取った大奥の御中臈を人質に取れば金になる上、いざ逃走するときに敵が攻めるのを躊躇《ためら》うに違いないと判じればこそだった。

しかし、これでは話が違いすぎる。

大奥も実家の旗本も彼女をあっさり見捨て、どうとでもしてくれと言ってきたのである。

とんだ厄介者を押し付けられた。そう見なすより、他にあるまい。

森が拍子抜けしたのも当然だろう。

とはいえ、他の人質ともども解放するのも勿体《もったい》ない。

「しゃーないわ。こうなったら、好きにさせてもらおか」

そう告げるや、森は千香にのしかかる。

鞘《さや》ぐるみで抱えていた刀を放り出すや、機敏に跳《と》びかかったのだ。

「な、何をなされます！」

「ええやろ、な？」

抗うのに構わず、組み伏せる手際は慣れたもの。

女人にしては長身の千香を押し倒した様は、さながら往還松《おうかんまつ》に蟬《せみ》といった態《てい》。

先程まで人質で一杯だった広間も、がらんとしている。

邪魔者の半蔵は、新藤と川野に連れ出された後。

泰之進にも遠慮させ、今は二人きりだった。

「や、やめてくだされ！」

千香は懸命に抗った。

されど、両腕を縛《しば》られていては突き放すこともできない。

「大人しゅうしとき。そないに暴れんと、わいを楽しませたったほうがお前はんの身のためやでぇ」

忙《せわ》しく襟元を押し広げつつ、森は裾を割ろうとする。

と、部屋の障子が蹴倒された。

「千香殿っ」

飛び込んできたのは半蔵。

森の尻をしたたかに蹴り付け、部屋の端まで吹っ飛ばす。

「待たんかい、このガキ！」

「うちの大将に何してくれんねん！」

後を追ってきた新藤が、がっと半蔵を押さえ付ける。

一方の川野は、森を助け起こしていた。

「大丈夫でっか、大将？」

「あー痛《いた》……えらいとこを打ってしもた……」

「しっかりしなはれ。ほら、こないしたら落ち着きまっさかい」

「こ、これでええんか」

「そうでんがな。気張っとくんなはれ」

「あー……楽になってきたわ」

どうにか痛みが治まったとき、森の目は据わっていた。

新藤は心得た様子で、半蔵をうつぶせにさせる。

放り出していた刀を拾ったものの、辛うじて鯉口を切るのは思いとどまる。

代わりに鞘ぐるみのまま振り上げるや、思い切り打ち下ろす。

小柄《こづか》ながら、森の佩刀《はいとう》は造りがごつい。

鞘には鉄輪が嵌《は》め込まれており、そのまま振るっても割れるには至らない。

打たれる身にとっては、棍棒《こんぼう》を叩き付けられたようなものである。

無言のまま、森は繰り返し半蔵を打ち叩く。

町奉行所で執行される百叩きも及びの付かぬ、苛烈《かれつ》な仕置だった。

「よろしいんでっか、大将？」

川野が怪訝そうな声を上げた。

半蔵ばかりか千香にも構わず、森が部屋を出ていったからである。

「……もうええわ。きっちり縛って、布団部屋にでも放り込んどき」

背を向けたまま、廊下で答える森は疲れ切っていた。

並の男であれば即座に失神する攻めを食らっていながら、半蔵が呻き声ひとつ上げず、最後まで気を失うこともなかったからである。

自分が動けなくなれば、即座に千香を慰み者にされてしまう。

それが分かっていればこそ、耐え抜いたのだ。

むろん、褒めてやる気など有りはしない。

ただ、下手な真似をするのは禁物だろう。

せっかく大枚の軍資金が手に入ったというのに、女一人を慰んだがために怪我をしてはつまらない。どのみち退散する前には引導を渡さねばなるまいが、それまでは構わずに閉じ込めておけばいい。

小なりとはいえ一軍の将として、賢明に判じたのであった。

六

黴《かび》くさい布団部屋で、半蔵は腹這いのまま過ごすことを余儀なくされた。

気が緩んだとたん、耐えがたい痛みに見舞われたのである。

その身を案じ、千香は声を低めて呼びかける。

「……大事ありませぬか、半蔵さま？」

「…………」

答えは一向に返ってこない。

微かに息をする音が聞こえるので、生きているのは分かっていた。

それでも千香が声をかけずにいられないのは、不安で堪らなければこそ。

思うところは半蔵も同じだった。

しかし、迂闊に返事はできない。

一言でも交わしてしまえば、後戻りができなくなるのではないか。

半蔵は自分の感情を持て余していた。

いけないと思いながらも、心は揺れるばかり。

その心の赴《おもむ》くままに、半蔵は身を挺《てい》して千香を助けた。

一味に鉄砲を用いるのを思いとどまらせ、他の人質を解放させることが叶った以上、もはや彼女にやってもらうことなど何もない。

されど、あのまま見殺しにするのは忍びなかった。

千香は大奥ばかりか、実家からも見捨てられた身。

その上に半蔵まで見放せば、どうにもなるまい。

「う……」

背中の痛みが耐えがたい。

鉄輪を嵌めた鞘で百叩きを食らっていながら、骨までは折られずに済んだのは幸いだった。

しかし、鍛えた体も鋼《はがね》には非ざる身。千香に自責の念を覚えさせてはなるまいと思いつつ、呻きを上げずにはいられなかった。

布団部屋には、明かりひとつ置かれていない。

薄暗い中で呻く半蔵をよそに、千香は黙ったままでいた。

そうしていてくれれば有難い。

痛みに苛《さいな》まれながらも、半蔵は安堵した。

と、微かな衣擦《きぬず》れの音がする。

「千香殿？」

「そのままでいてくださいまし……」

千香は半蔵に添い寝し、背中をさすり始めた。

ただでさえ残暑が厳しい最中。密閉された部屋には熱が籠もっている。

半蔵はもとより、千香も暑いはずだった。

介抱しようとする気持ちは有難いが、離れていたほうがお互いに楽なはず。

だが、二人は身を離そうとはしなかった。

腫《は》れた背中をさする手のひらは、意外と大きい。

佐和よりも上背がある以上、当然のことだろう。

女人らしからぬ大ぶりの手の感触が、今は堪らなく心地よかった。

「かたじけない」

「いえ……」

謝意を述べる半蔵に、千香は言葉少なに答える。

本当は、もっと話をしたいのだろう。

千香が受けた衝撃の重さを鑑《かんが》みて、半蔵は心が痛んだ。

好意を寄せた半蔵に怒鳴りつけられた直後に囚われの身となり、大奥ばかりか実家からも厄介払いをされてしまったのだ。

他の人質たちから悪罵《あくば》を浴びせられたのも、辛かったに違いない。

千香が敢えて皆を罵倒し、素町人呼ばわりしたのは森たちの気を逸らし、人質を早く金に換えて解放するようにそそのかすために打った、芝居にすぎない。

もしも千香が何もせずに静観していれば、今頃は人質の娘たちが連中の毒牙に掛かっていたことだろう。
足手まといの隠居などは、問答無用で斬られてしまったかもしれない。
されど、当人たちは救われたとは思ってもいまい。解放されるときに千香の顔など
誰も見ようともせず、舌打ちをしながら出て行ったからである。
日々の雑事さえ、労して報われぬのは空しい。
大勢の命を救っておきながら微塵も感謝をされなかった千香にかける、慰めの言葉
など思いつかない。
生来の口下手であることを、半蔵は悔いるばかり。
こちらが饒舌《じょうぜつ》に非ざる以上は、相手に語ってもらったほうがいい。
だが、今や千香も黙り込んでしまった。
黙々と背中をさする手を休めぬ代わりに、何も言わない。
こんなことならば、先程から受け答えをしておくべきだった。
（いかんな……）
半蔵が悔いを募らせていると、千香がおもむろに口を開いた。
「お腹が空きましたね、半蔵さま……」
「う、うむ」

たしかに空腹である。

そう思ったとたん、ぐぅと音が鳴る。

「まぁ」

「こ、これは失礼」

「ふふふ……」

千香の笑い声が、耳に心地良い。

「差し入れなど、まず望めぬであろうなぁ……」

照れ隠しにつぶやきつつ、半蔵は身を起こす。

と、目の前に懐紙《かいし》の包みが差し出される。

「半蔵さま、どうぞ」

「何でござるか」

「桟敷《さじき》にて供されし、お菓子にございまするよ」

「持ってお出《い》でになられたのか？」

「半蔵さまが急に怒ってお席を立たれました故、そのままにいたすのも勿体のうござ
いましたので、ね」

「左様であったか……されば、頂戴いたす」

恐縮しきりで片手拝みし、半蔵は千香が拡げた包みに指を伸ばす。

くるまれていたのは米粉の皮に小豆《あずき》の餡《あん》を挟んだ、編笠餅《あみがさもち》が二つ。やや潰れてしまっていたものの、美味《うま》いことに変わりは無い。

「うむ……うむ……」

甘味が心地よく、五体に染み渡っていく。

半蔵の笑顔に誘われ、ふっと千香も頰を緩める。

「幼い頃には、こうして佐和と菓子を分け合うたものにございまする」

「ま、まことか?」

「ほほほ。何も生まれついての犬猿の仲だったわけではありませぬよ」

呆気《あっけ》に取られた半蔵に、千香は思わず苦笑する。

「髷《まげ》を結える歳になるまでは、始終一緒に遊んでおりました」

「いやはや……少々安心いたした」

喉につかえそうになった餅を、半蔵はやっとのことで嚥下《えんげ》する。千香が背中をさすってくれたおかげでもあった。

甘い物は、如何なるときも気分をほぐしてくれる。

過酷な状況の下においては、尚のことだ。

一つずつの餅菓子のおかげで、二人は生気を取り戻した。

安堵すれば、自ずと口も軽くなる。

今や半蔵は悩むことなく、千香と語り合うことができていた。

「左様か……そなたと佐和は、幼馴染みであったのだなぁ」

「女子《おなご》の性《さが》と申しましょうか、娘らしゅうなるにつれて互いに張り合い、いがみ合うのを止められなくなってしまいました。願わくば、久しぶりに会うて話などしてみとう存じまする」

「ならば是が非でも、生きて戻らねばなるまいな」

「はい」

「共に力を尽くそうぞ、千香殿」

「心得ました、半蔵さま」

半蔵と千香は手を取り合い、力強く視線を交わす。

男と女である以前に同志として、生き抜く決意を新たにしていた。

第五章　窮地を脱する

一

夜が更けゆく中、三つの影が闇を駆ける。

お駒と梅吉、そして孫七。それぞれの立場と思惑を超えて、半蔵を救うために立ち上がった面々だ。

いずれ劣《おと》らず身軽な三人ならば音もなく屋根を駆け、捕方の包囲網の隙を突くぐらいは容易《たやす》いこと。

だが、思わぬ伏兵が行く手を阻《はば》もうとしていた。

いち早く察知したのは孫七。

「く！」

芝居茶屋の裏手に降り立ったとたん、抜き付けの一刀が袖を斬り裂く。

待ち伏せていたのは、鳥居耀蔵が差し向けた御小人目付衆。

南北の町奉行が突入を躊躇《ためら》っていれば、焦《じ》れたお駒と梅吉が半蔵の救出に動くに違いないと判じた上の措置だった。

二人とも多少は腕が立つとはいえ、所詮は盗っ人あがり。

半蔵と共に向かってくれば手強いが、一番の邪魔者は今や囚われの身。

この機に押し包んで攻めかかれば、引導を渡すのも容易いはず。

そんな彼らの勘定に入っていなかったのは、孫七の存在。

孫七は小者の装いではなく、黒い衣をまとっている。

かつて御庭番の一員として働いていた折に馴染んだ、忍び装束である。

帯びているのは脇差《わきざし》のみだが、懐《ふところ》には棒手裏剣に苦無《くない》と、使い慣れた隠し武器の数々が忍ばせてある。抜け忍となっても捨てることができなかった、物々しくも懐かしい品々が、久しぶりに真価を発揮せんとしていた。

御小人目付が無言のまま斬りかかる。

応じて、孫七は速やかに体《たい》をさばいた。

横っ飛びに斬撃をかわすと同時に、抜く手も見せず放ったのは棒手裏剣。

狙い違わず、黒光りする刃《やいば》が命中した。

手裏剣に抉《えぐ》られたのは左腕。

刀を両手で振り下ろす際に力を込める、軸手《じくて》である。

「うおっ!?」

激痛に耐えきれず、苦悶《くもん》の声を上げて敵はよろめく。

刃物を受けた傷は、痛いだけでは済まされない。薄皮を裂かれた程度であれば治りも早いが、重く厚い刃で斬ったり突かれたりした傷が完全に塞《ふさ》がり、元通りに動かせるまでには月日を要する。刀を取って戦うのを勤めとする身にとっては難儀な、肩身の狭いことだった。

その苦労を御庭番だった頃に嫌というほど思い知らされた孫七は、戦う相手に深い傷を負わせることを努めて避ける。

しかし、どんな敵でも軽く蹴散らせるわけではない。

続いて斬りかかってきた御小人目付は、太刀ゆきが抜きん出て速かった。

「む!」

とっさに孫七は上体をのけぞらせる。

胸元すれすれに、鋭利な刃が行き過ぎる。

ひやりとした感触を覚えつつ、そのまま後方に跳び退《の》く。

迂闊《うかつ》に体を起こしていれば、思い切り胴を断たれていただろう。

勢いの乗った刀身には、骨まで容易く斬割する威力がある。

日《ひ》の本《もと》の刀とは、二斤前後の重さに、剃刀《かみそり》並の切れ味鋭い刃が付いた武器。

ただでさえ重厚で鋭利な上に刀勢《とうせい》を乗せ、確実に打ち込めば一太刀で致命傷となるのも当然だろう。

連続した攻めは、まだ止まない。

左右から続けざまに斬り立てられ、孫七は追い込まれる。

脇差を抜き合わせ、受け止め、受け流しても完全には防げない。

忍び装束の黒地が爆《は》ぜ、かすめた白刃《しらは》が肌を裂く。

孫七を倒さんとする御小人目付は、刃を対象に打ち込む瞬間、柄《つか》を握った両手の指を確実に締め込む手の内を心得ていた。

斯《か》くなる上は刀身を振り抜かせる前に、仕留めるしかあるまい。

孫七は脇差を左手に持ち替える。

空いた右手で握ったのは棒手裏剣。

サッと投じた次の瞬間、金属音が響き渡る。

高々と上がった金属音は、手裏剣を弾いた響き。

一瞬の後に聞こえたのは肉と骨を斬り割る、鈍い音。

片手で振るう脇差は、小指と薬指を締め込むことで刀勢が乗る。

孫七は棒手裏剣を投じざまに近間へ駆け入り、袈裟《けさ》斬りを浴びせたのだ。

相手は強敵。斬らなければ、こちらがやられていたに違いない。

(成仏《じょうぶつ》せい)

僅差で制した相手に残心《ざんしん》——警戒しつつ供養の意を示したとき、お駒と梅吉は残る連中を攪乱《かくらん》していた。

「うぬっ」

「こ、こやつ……」

お駒が振り回す鉤縄《かぎなわ》に、さしもの御小人目付たちも翻弄《ほんろう》されていた。

麻縄に鉄製の鉤を付けた鉤縄は、廻方《まわりかた》同心や岡っ引きが用いる捕具《とりぐ》。

手強い相手を召し捕るときに遠間から投じて襟元や袖口に鉤を引っ掛け、動きを封じるのが本来の使い方だが、お駒の如く旋回させて威嚇すれば、敵は容易に近付けない。

間合いを詰められずに焦るところに、梅吉が放ったのは小ぶりの短刀。

両手に一振りずつ構え、連続して投げ打ったのだ。

「うっ！」

「ぐわっ」

腕を裂かれた敵がよろめくのを見届け、替えの二振りをサッと構える。

梅吉が得意な出刃《でば》打ちは、曲芸でも難度の高い技。

芸人あがりの盗っ人仲間に鍛えられた腕は、まだ落ちていない。

お駒が鉤縄で牽制《けんせい》し、梅吉が出刃打ちを見舞う。

二人で一組の戦法は、ぴたりと息が合っていた。

盗っ人だった頃に幾度となく修羅場を潜ってきたとはいえ、お駒と梅吉は孫七の如く、役目として人を斬ってきたわけではない。

鳥居耀蔵の命を受け、暗殺の刃を振るうことにも慣れている御小人目付に一人で対抗するのは難しいが、協力して立ち向かえば圧倒できる。

（甘い奴らと思うたが、大したものぞ……）

連携して敵を蹴散らす二人を横目に、孫七は負けじと戦う。

いつまでも足止めを食ってはいられない。

速やかに囲みを破り、半蔵を助け出すのだ。

ぶわっと孫七は宙に舞う。

着地の瞬間を狙って斬り付けるのを許さず、空中から棒手裏剣を見舞っていく手際は、現役の御庭番だった頃のまま。

相手が腕利き揃いといえども、敵ではない。

「ひ、退けっ」

堪《たま》らずに、御小人目付衆が引き上げていく。

死んだ一人の亡骸《なきがら》を抱え、深手《ふかで》を負った仲間に肩を貸して退散するのを、孫七は黙って見送る。

お駒と梅吉も、深追いはしなかった。

「大したもんだなぁ、兄い……」

手の甲で汗をぬぐいながら、梅吉が親しげに呼びかける。

三歳下の孫七に対し、自然に敬意を払っていた。

「おかげで助かったよ、孫さん」

お駒もホッとした面持ちで歩み寄ってくる。

しかし、孫七は無愛想。

「参るぞ」

覆面《ふくめん》を外すこともせず、二人に背を向ける。

敵方のお駒と梅吉に力を貸すのも、今宵《こよい》限りのことである。

孫七は梶野良材の手先として、半蔵の影御用を見守る立場。

だが、助けることまで命じられてはいない。

良材の意向に沿うならば、囚われの身にされたのを幸いに、このまま見殺しにすべきであった。

最初は重宝された半蔵も、今や良材にとって厄介者。

矢部定謙に肩入れし、勝手に合力するようになったからだ。

良材と耀蔵にとっての定謙は、いずれ失脚させるのを前提に、ほんの一時だけ南町奉行の座に就けてやった生け贄《にえ》にすぎない。大御所の死に乗じて水野忠邦が推し進める倹約令のしわ寄せで、江戸市中の民の不満が溜まりに溜まった頃を見計らい、責任を押し付けるだけのために必要な存在だ。

いずれ蜥蜴《とかげ》の尻尾《しっぽ》切りをされる定謙に入れ込み、良材の意向を無視して勝手に手を貸す半蔵は、愚か者と言うより他にない。

にも拘わらず、孫七が救出に動いたのは佐和のため。

何事も今宵限りのことである。

あくまで陰にて事を為し、半蔵を助け出した後は、何食わぬ顔で元の立場――勘定奉行付きの小者に戻るのみだ。

良材を裏切るわけにはいかない。

御庭番あがりの勘定奉行は、孫七にとって無二の恩人。

あの老人が睨みを利かせてくれていればこそ、かつての仲間である御庭番衆に命を狙われずに済んでいる。

庇護《ひご》を失えば即、粛清されてしまうのだ。

今しばらくは、死にたくない。

この世に生きた証《あかし》を何ひとつ残せぬまま、討たれるのは御免《ごめん》である。

孫七は己《おのれ》の意志で物事を決めることを許されぬ、下忍として育った身。勝手にできるのは殺さなくても良い敵には可能な限り深手を負わせず、蹴散らすのみにとどめるぐらいであった。

嫌気が差して抜け忍となったものの、結局は良材の手駒にされただけの孫七が半蔵と佐和のために動くのは、そうしたいと思えばこそ。

どれほど腕を振るったところで、何の得にもなりはしない。

半蔵を無事に救い出しても、佐和が感謝をしてくれるわけではないのだ。

それでも力を尽くしたい以上、我慢してはいられない。

（生きておれよ、笠井半蔵……）

胸の内でつぶやきながら、孫七は芝居茶屋を見上げる。

籠城《ろうじょう》した一味はもとより、表を固めた町奉行所の捕方たちにも気付かれぬためには屋根に登り、天井裏から侵入しなくてはならない。

しかし大《おお》茶屋と呼ばれる店は屋根も高く、忍びの術を心得た身といえども道具を用いずによじ登るのは難しい。

半蔵の安否も気がかりだが、焦らずに段取りを調《ととの》えるべし。

忍び装束の懐を探り、孫七が取り出したのは鉤縄。

お駒の得物《えもの》より太く丈夫な、登攀《とうはん》用の道具である。

慣れた手付きで旋回させ、大ぶりの鉄鉤を庇《ひさし》に引っ掛ける。

後に続く二人に目で合図し、孫七は先頭を切った。

刹那《せつな》、ひゅっと風を裂く音がした。

ひやりとした感触を背中に覚えた次の瞬間、どっと血煙が上がる。

「孫さん！」

お駒が悲鳴を上げた。

「野郎っ！」

怒りの叫びと共に、梅吉が短刀を打ち放つ。

続けざまに金属音が闇を裂いた。

「無駄なことじゃ……止めておけ」

不気味な声で告げながら、悠然と現れたのは三村右近。

右手に提げた刀は血濡れている。

孫七の隙を突き、抜き打ちの一刀を浴びせたのだ。

「てめぇ……」

負けじと梅吉は睨み返す。

新たな短刀を取り出し、切っ先を前に向けて威嚇《いかく》する。

一方のお駒は、孫七の許《もと》に走っていた。

辛うじて息をしているのを確かめ、ホッと安堵《あんど》の笑みを浮かべる。

迷わず黒装束の上衣を脱ぎ、背中の傷口に押し当てる。

不意を打たれたにも拘わらず、孫七はとっさに太刀筋を外したらしい。斬撃《ざんげき》は骨まで傷付けていなかったが、出血がおびただしい。

「しっかりするんだよ、孫さん！」

耳許で励ましつつ、お駒は孫七の体を支える。胸元をさらしで巻いた上半身を露《あら》わにしながら恥じることなく、ただただ懸命であった。

そんな三人に、右近は目も呉《く》れない。

出刃を打つ機を窺《うかが》う梅吉のことも、最初から眼中に無かった。

「悪く思うでないぞ。これを幸いに大奥の馬鹿女も笠井ともども、亡き者にせよと鳥居様が仰せなので、な……」

うそぶきつつ、夜風に揺れる鉤縄を見やる。

邪魔者を片付けた後で茶屋に乗り込み、人質になっている半蔵と千香ばかりか籠城した一味も斬り尽くそうというのである。

南町の同心として、事を為すわけではない。

半蔵たちが自力で脱出し、表に出てきたところを待ち受けて斬るつもりでいたのを変更したのは、悠長に構えていられぬことに気付いたからだ。

半蔵の周りには、お節介な輩《やから》が多い。

お駒と梅吉ばかりか、孫七までが良材を裏切って手を貸す始末では、更に新手が出張って来ぬとも限らない。

いちいち相手取るのも面倒である。

今のうちならば、余計な手間は食わずに済む。

お駒と梅吉さえ斬り捨てれば、とりあえず他の邪魔は入りそうにない。

表を固めた南北の町奉行が突入を命じる前に、事を終えてしまうのだ。

揺れる鉤縄から視線を外し、右近は梅吉を見やる。

「う……」

梅吉の口から呻《うめ》きが漏れる。

不覚にも足がすくんでしまっていた。

怒り心頭に発していても、体が付いてこない。

だが、今は梅吉以外に戦える者はいなかった。

恃《たの》みの孫七は息も絶え絶え。お駒が止血していなければ、命に関わる。

ここで度胸を出さずして、何とする。

男として貫目《かんめ》を見せるのだ。

梅吉は両手に握った短刀を構え直す。

最後の二振りである。外してしまえば、後がない。

震えながらも懸命に立ち向かおうとする梅吉と対峙《たいじ》した右近は、無造作に抜き身を引っ提げたまま、にやついていた。

考えがあってのことである。

右近に馬鹿にされれば相手は怒り、肩に力が入る。

自ずと体《たい》のさばきは乱れ、本領を発揮できなくなってしまう。

同様の手で、右近はこれまでに多くの剣客を葬《ほうむ》り去ってきた。

おちょくられて怒る様を笑えば笑うほど、こちらは余分な力が抜けて、軽やかに動くことができる。

そうやって相手の実力を封じ込め、伸び伸びと立ち回って斬り捨てるのが右近の常套《じょうとう》手段。意味もなくふざけた態度を取るのではなく、速やかに、確実に勝負を決めるために挑発するのだ。

右近の思惑に、まんまと梅吉は乗せられていた。

(ふざけやがって。俺が相手じゃ物足りねぇのかよ……)

ただでさえ極度の緊張を強いられているのに、これでは得意の出刃打ちも狙いが狂ってしまう。

今の梅吉に何よりも必要なのは、冷静になることだった。

しかし、この状況では無理な相談。

にやつく右近を前にして、怒りは燃え盛る一方。

「この野郎！　くたばりやがれ!!」

怒号を上げるや、梅吉は両手に握った短刀をぶん投げる。

応じる右近は余裕綽々《よゆうしゃくしゃく》。

人を食った笑みを絶やすことなく駆けながら、下段から上段に走らせた刀身で一本目を弾き飛ばし、返す刀で二本目を叩き落とす。

右近の刀と体は、完璧に連動していた。

疾走は止まらない。

必殺を期した出刃打ちをものともせず、見る間に梅吉に迫っていく。

「わわわっ」

迫力に圧倒され、梅吉は動けなくなっていた。

お駒は思わず目を閉じる。

気付いた孫七は震える手で手裏剣を打とうとしたが、間に合わない。

袈裟に振りかぶった刀身が、唸りを上げて振り下ろされる。

刹那《せつな》、金属音が闇を裂く。

「どうした？　遠慮しねぇで笑ってみろい」

啞然とする右近を見返し、うそぶいたのは村垣範正。

刀勢の乗った斬撃を、寸前で受け止めたのだ。

先程までの右近に劣らず、範正は余裕の態度。

「危ないとこだったなぁ。大丈夫《でぇじょうぶ》かい？」

腰を抜かした梅吉を見やり、白い歯を見せて微笑みかける。

「お前さん、どうして……」

信じがたい様子で梅吉はつぶやく。

範正に助けられたのは、これで二度目。去る四月に雨の小塚原《こづかっぱら》で右近に斬られそうになったとき、半蔵と共に駆け付けてくれて以来だった。

「馬鹿な兄貴の尻ぬぐいをするのも楽じゃねーぜ……ま、面倒ついでにひと暴れさせてもらうとしようかい」

不敵にうそぶきながら、範正は右近を見返す。

「おのれ……」

右近が怒りの声を上げた。

噛み合った刀身が、ぎちっと鳴る。

力を込めて凶刃を押しこくっても、範正はびくともしない。

飼い主の耀蔵から命を受け、邪魔者を葬り去るのが役目の右近に対し、範正は小十人組の一員として、将軍家に害を為す輩を討ち取る。大御所や将軍を狙って差し向けられる刺客を人知れず倒し、自身も生き延びてきた実力は、手練《てだれ》の右近にも引けを取らなかった。

「む！」

右近が一瞬つんのめる。

隙を突き、範正が刀身を傾《かし》げたのだ。

わざと挑発して怒りを誘い、凶刃を押し付けてくる力を利用して、体勢を崩させたのである。

だが、右近も負けてはいない。

隙を逃さず斬り付けてきた範正の刃を横一文字にした刀身で受け止め、ぐんと腰を入れて押し返す。

人を食った笑みを封印しても、右近は強かった。

範正がそうであるように、挑発は怒った相手を御せるだけの実力を持っていてこそ意味がある。

策を用いず、正攻法で戦っても右近は強者。

範正も表情を引き締めていた。

「へっ、なかなかやるじゃねーか……」

不敵にうそぶきつつ、刀を構え直す。

間合いを取って向き合った瞬間、二人は同時に地を蹴った。

「エイ！」

「ヤーッ！」

気合いを乗せて、二条の刃がぶつかり合う。

半蔵を護らんとする範正と、斬らんとする右近。

両者の対決は、まだ始まったばかりだった。

二

芝居茶屋の広間は静まり返っていた。

表から目立つため、夜が更けても明かりは控えめにせざるを得ない。

多額の身代金と引き替えに人質たちを解放し、最後に残った半蔵と千香も布団部屋に移した後に残ったのは、頭目の森と腹心の二人のみ。

「落ち着かはりましたか、大将？」

「そないに何遍《なんべん》も言わすなや。もう大丈夫や言うたやろ」

暗がりの中、新藤に答える森の顔色は落ち着いている。

半蔵に思い切り蹴られた股間の痛みは、実を言えば失《う》せていない。

それでいて平静を保っていられるのは、いつまでも怒っていたところで意味がないと思えばこそ。

何を措いても考える必要があるのは、この場から逃げ延びる方法。

新藤と相棒の川野は、すでに答えを出していた。

「こんだけおたからも手に入ったし、もう十分やおまへんか。大将」

「そうでっせ。踏み込まれんのを待って犬死にするより、ここは三十六計を決め込んだほうがよろしおます」

「せやなぁ……命を惜しんでのこっちゃのうて出直すための退散なら、大塩先生も草《くさ》葉《ば》の陰できっと許してくれはるやろ」

新藤と川野から口々に訴えられ、森はうなずく。

茶屋の表を南北の町奉行所に固められたのは、もとより承知の上。

のみならず裏からも何やら争う声が聞こえると、見張りに就かせた浪人たちの報告が届いていた。

下手に誘い出されて捕まっては元も子もないため、森は突入の気配があるまで放っておくように指示を出してある。

その後は誰も何も言って来ないが、きな臭くなってきたのは事実。

表も裏も危険となれば、すんなり逃げ出すのは難しい。

立て籠もった当初は用意の火縄銃を撃ちまくり、捕方はもとより人質も道連れにして華々しく散るつもりの森たちだったが、やはり命は惜しい。それに将軍のお膝元で挙兵したところで諸国にまで波及せず、後に続いて蜂起《ほうき》する志のある者など出てこないのは、去る二月の事件の顚末によって証明されている。

ならば再起を期し、千香にそそのかされたおかげで手に入った、多額の身代金を持って脱出するのが賢明というものだ。

問題は、幾つもの千両箱を抱えて脱出する方法である。

「使える人質がおらんちゅうのが、難儀やなぁ」

森がぼやいたのは、千香が役に立たなくなってしまったのを受けてのこと。

何も知らぬまま楯《たて》にして表に出ていれば今頃は一網打尽《いちもうだじん》、悪くすれば斬り捨てられていただろう。

当てが外れた自分たちも哀れだが、千香にも同情を禁じ得ない。

頭を冷やした森は、そう思えるようになっていた。

あれほどの美貌なら将軍のお手が付いてもおかしくないはずだが、大奥の女中で最高の地位に在る上臈御年寄《じょうろうおとしより》がわざわざ書状まで送りつけてきた以上、人質としての値打ちは皆無と見なさざるを得まい。

これ以上は痛め付けるのも気の毒となれば置き去りにし、後で町奉行所に保護させるのを期待するのみ。

ともあれ、あの女は用済みである。

代わりに楯にするとしたら、誰がいいのだろうか。

「……しゃーないなぁ。上手くいくがどうかわからへんけど、あの盆暗《ぼんくら》に一芝居打ってもらうしかあらへんやろ」

「盆暗って誰のことでっか、大将」

「阿呆《あほう》。木島泰之進に決まっとるがな」

怪訝《けげん》な顔をする新藤に、森は答える。

「あいつがわいらの仲間っちゅうんは、公儀にもまだ知られてへん。茶屋にいたとこに出っくわして、人質に取ったっちゅうことにしたらええんや」

「せやけど、木島はんは男でっせ」

「わかっとるがな。男も男、天下のご直参ちゅう、ご立派な殿御や」

「それはよろしいけど、ほんまにあの別嬪《べっぴん》さんの代わりになるんでっか」

「請け合うことはでけへんけど、やってみる値打ちはあると思うで」

乗り気でない新藤に、森は続けて語りかける。腹を括った様子だった。

「わいらが楯にした木島に誰も手ぇ出さんと、逃げおおせることができたら万々歳やし、しくじって斬り捨てられても、それはそれで構へん」

「そんなん嫌ですわ。犬死にだけは勘弁しとくなはれ」

「無駄やあらへん。わいらが木島と一緒に始末されたら、将軍は子飼いの臣まで見殺しにしよる薄情もんってことになるやろ。天下に恥を晒《さら》しよって、大名たちから白い目で見られよったら、武家の棟梁《とうりょう》も形無しや」

「面白いやおまへんか。よっしゃ、わいは大将の話に乗りまっせ」

たちまち首肯《しゅこう》したのは、黙って話を聞いていた川野。

あくまで危険を避けたい新藤は、食ってかからずにいられない。

「こん一丁嚙み！　われ、ほんまにそない上手くいく思うとるんか？　あんなん直参や言うても大したことあらへんし、人質なんぞ務まるはずないやろ」

「そんなもん、やってみんとわかるかい」

川野は強気だった。

このまま籠城を続けたところで使い途《みち》もない、千両箱を抱いて討ち死にするよりは、わずかであっても逃げ延びる可能性を求めるべきだ。

木島泰之進は、微禄ながらも直参旗本。

彼らに仕える家臣まで含めて旗本八万騎と呼ばれる、将軍直属の親衛隊だ。

幕府にとって価値のある、救い出すべき対象に違いない。

斯様に信じた上で、森の提案に同意したのである。

そんな川野の意を踏まえ、ついに森は意を決した。

「よっしゃ。いっちょいてこまそか」

「わいは知りまへんで、大将」

「ほんなら、ここで別れよか。わいと川野だけでいてこますさかい」

「ほんま、敵《かな》んなぁ……しゃあおまへん、やりまひょ」

「話は決まりやな」

ついに新藤の同意を取り付け、森は笑顔を見せた。

「ほんで新藤、木島はどこ行きよってん」

「そういや、さっきから姿が見えよらへんでんな。女のとこやおまへんか」

「まだ未練があるんかい」

たちまち森は呆れた顔になる。

どうやら泰之進は布団部屋に赴き、千香に不埒を働くつもりらしい。

再三に亘って袖にされていながら、まだ諦めきれないのである。

何と情けない男なのか。

そんな輩に、一縷《いちる》の望みを託してもいいのだろうか。

森は考え込んでしまった。

そこに新藤が助け船を出した。

「それやったら、あの御中臈《おちゅうろう》にも一緒に来てもうたらどうでっか」

「なんでやねん、新藤」

「なんぼ言うても、男は女に弱いもんでんがな。お付きの木偶《でく》の坊も間違いのう惚れてまっせ」

「そらそうや。何とも想てへん女のために、あないな無茶はようできんわ」

森は確信を込めてうなずいた。

木偶の坊とは、半蔵のことである。

あの偉丈夫《いじょうふ》は、千香を救うために体を張った。縛《しば》られていて満足に抵抗できぬというのに臆することなく身を投げ出し、千香の操《みさお》を守り抜いたのである。

よほど覚悟が無くては、ああはできまい。

森が怒りに任せて鞘を払っていれば、殺されたかもしれないのだ。

少なくとも泰之進よりは、見上げた男と言えよう。

「……せや、木偶の坊にも一緒に来てもらおか」

「そんな阿呆な」

「何言うてはりますの、大将？」

新藤と川野が驚きの声を上げる。

しかし、森の決意は揺るぎなかった。

「ええから、わいの言う通りにし。早いとこ、あいつらを連れてくるんや」

否やを許さず、二人に命じる。

千香を護るためならば、半蔵は何でもやるはず。

その本気を活用しようと、森は思い立ったのである。

木偶の坊呼ばわりしながらも、半蔵の腕が立つのは間違いない。

敵に回せば厄介だが、味方に付ければ頼もしい。

改めて千香を人質に取れば、自在に操《あやつ》るのも容易い。

言うことを聞かねば殺すと脅し、泰之進が楯として役に立たぬと分かったときは矢面に立たせ、血路を開かせればいい。二段構えの策というわけである。

「何しとんねん？　早よ行き！」

「へーい」

「わかりましたがな、大将」

森に一喝《いっかつ》され、新藤と川野はようやく腰を上げる。

だが、行動を起こしたのは遅かった。

いち早く、泰之進は布団部屋へと向かっていたのである。

三

「そなたは俺のものだ、千香……今こそ共に参ろうぞ……」

胸を弾ませつつ、泰之進は突き進む。

新藤の読み通りの行動だったが、その度合いは予想を超えていた。

「どないしたんや木島はん？　こっから先は行ったらあかんで」

泰之進に注意したのは、布団部屋を見張る浪人。戸口に座ったままでいるのに疲れ、前の廊下を行き来しながら腰を伸ばしているところであった。

森が見張りを立てさせたのは万が一にも半蔵が蘇生し、反撃に転じようとするのを防ぐため。女を助けたい一念で復活され、暴れられては面倒である。

だが、まさか泰之進が暴挙に及ぶとは思っていなかった。

「な……何してけつかんねん！」

異変に気付いたとたん、若い浪人は怒声を上げた。

泰之進が抜き身を提げていたのである。

手にした刀は血に濡れている。

言い訳する代わりに、泰之進が放ったのは不敵な一言。

「うぬらとの付き合いも今宵限りぞ。往生《おうじょう》せい……」

にやりと笑う男の手の中で、刀は不気味にぬらついていた。

すでに二人、邪魔な見張りを手にかけていたのである。

布団部屋に張り付いている一人を始末したところで、他の浪人が駆け付けては元も子もない。そこで近場を見張っていた邪魔者たちを片付け、満を持して布団部屋に現れたのだ。

「いてもうたるわ！」

負けじと若い浪人は鯉口《こいぐち》を切り、鞘を払って抜刀する。

鞘を横ではなく縦に引き、狭い廊下の壁に切っ先を誤って引っ掛けることなく抜き放ったのである。刀の扱いに慣れているのが、一目で分かる。

動じることなく、泰之進は迎え撃った。

「ヤーッ！」

気合いを上げて、浪人が突進してくる。

対する泰之進は脇構え。

両手で握った血刀《ちがたな》を下段に取り、切っ先を右後方に向けている。

この体勢を取れば刀身が体に隠れ、前からは太刀筋が読めない。

間合いが詰まった刹那、泰之進は振りかぶる。

二人の刀が交錯した次の瞬間、聞こえてきたのは肉と骨を断つ鈍い音。

一瞬速い袈裟斬りを浴びせられ、浪人は血煙を吹いて転がった。

こちらも無事では済んでいない。

最後の力で浪人が斬り下ろした刃にかすめられ、泰之進は左の側面をざっくり裂かれていた。

滴り落ちる鮮血で顔を朱《あけ》に染めながらも、頭の中は千香のことで一杯。

ずっと執心してきた女を、他の男に渡したくはない。

一度は頭目の森に屈して引き下がったものの、二度目は耐えられない。

人質の値打ちが有ろうと無かろうと、そんなことはどうでも良かった。

直参旗本でありながら陽明学に傾倒し、満足に臣下を養えぬ将軍家と幕府など瓦壊《がかい》してしまえばいいと思い詰めていたにも拘わらず、恋しい女ひとりのために仲間をあっさり裏切ったのだ。

脱出するための段取りも、すでに考えついている。

布団部屋から千香を連れ出し、二人きりで表に逃れたら、自分も人質にされていたと主張して、公儀の追及を逃れるつもりだった。

千香を助け出した後、広間に籠もっている森と新藤、川野もまとめて始末してしまうので死人に口なし。

先に解放された人質たちが悪党の仲間に違いないと主張しても、すべては一味を殲《せん》滅《めっ》するための芝居だったと言いくるめれば問題あるまいし、身代金を返せば余計なことは言わないだろう。

これで晴れて、千香を嫁にできるのだ。

大奥を追われた彼女に、行き場はない。

実家からも縁を切られたとあっては、泰之進を頼るしかないのだ。

これまで散々袖にされてきたが、今度こそは上手くいく。

初めて優位に立って口説けるのだ。

頬を血に濡らしながらも、泰之進の胸は弾んでいた。

にやけながらも油断はしていない。

森たちにも増して手強い半蔵が、まだ生きているからである。

腕に覚えの泰之進を素手で失神させ、しかも暴れん坊の若党に中間まで一瞬のうちに打ち倒した、あの男の強さは本物だ。

弱っているからといって、甘く見てはなるまい。

隙を突いて速攻で仕留め、千香を連れ出すのだ。

息絶えた浪人の体を踏み越え、泰之進は布団部屋の前に立つ。

耳を澄ませても、何も聞こえてはこない。

斬り合いにも気付かぬまま、二人揃って眠ってしまったのだろうか。

そうだとすれば好都合。

どれほど腕が立とうとも、寝込みを襲えば楽勝。

千香も眠っているのなら、連れ出すのも容易い。

血をぬぐった刀を鞘に納め、戸締めの金具をしゃがんで外す。

そろそろと戸を引き開け、わずかに作った隙間から中を覗き見る。

布団と夜着が山と積まれた床《とこ》の隙間に、裲襠《うちかけ》が拡がっていた。

人ふたりの形に盛り上がっているのが、夜目にも分かる。

半蔵と千香は身を寄せ合い、一枚の裲襠をかぶって寝ていたのだ。

（おのれ……）

泰之進の妬心《としん》が燃え上がる。

だが、今は怒っている場合ではない。

千香を責める前に、半蔵の息の根を止めるのだ。

気を取り直すと、泰之進は布団部屋に踏み入っていく。

血をぬぐって鞘に納めた刀の代わりに、引っ提げているのは脇差。

足音を殺して躙《にじ》り寄ると、微かな寝息が聞こえてくる。

泰之進は邪悪に微笑む。

二人は丸めた布団で偽装して、頭から裲襠をかぶって眠っていると見せかけたわけではなかった。命取りになるとも思わずに、熟睡しているのである。

後は仕留めるのみだったが、急いて裲襠を引き剝がしては気付かれる。

泰之進に抜かりはない。

足下をめくれば、どちらが半蔵なのかはすぐに分かる。

速攻で脾腹《ひばら》を貫けば、それで終わり。

（往生せい）

胸の内でつぶやくと、泰之進は裲襠の端に手を掛けた。

その瞬間、ぶわっと裲襠が舞う。

「うおっ!?」

視界を遮られた刹那、前頭部に重たい一撃。

泰之進はくたくたと崩れ落ちる。

恋しい女の匂いがする裲襠の上に転がるや、たちまち意識が遠くなる。

気を失う間際、聞こえてきたのは千香の声。

「愚かなお人……せめて最期は武士らしゅう、罪を認めてお逝きなされ……」

飛び起きざまに拳を振るい、泰之進を打ち倒したのは千香。

そして裲襠で視界を奪ったのは半蔵だった。

「見事ぞ、千香殿」

「半蔵さまのおかげです……」

「何も恥じるには及ばぬ。おぬしは己の力で決着を付けたのだ」

因縁を断った千香の一撃は、過日に半蔵が泰之進を昏倒《こんとう》させた、天然理心流の打撃技だった。

息を合わせての逆転は、廊下の異変に気付いて早々に段取りを付けたこと。

泰之進が見張りの浪人と斬り合いを始めるまで、二人はどうにかして布団部屋から脱出しようと頑張っていた。

いつもの半蔵ならば天井の梁《はり》によじ登って千香を引き上げ、屋根から抜け出すのも容易い。だが、今は足腰を傷めてしまっていて、思うようには動けない。

見張りの怒声が戸板越しに聞こえてきたのは、どうにか梁に手が届かぬものかと悪戦苦闘している最中のことだった。

泰之進の様子は尋常ではない。

このまま布団部屋に押し入り、半蔵を斃《たお》して千香を連れ出すつもりなのだ。

危険を察した二人が頭から褊襠をかぶって横になったのと、戸締めの金具が外されたのは、ほぼ同時であった。

今の半蔵の状態で、正面切って渡り合うのは難しい。

そこで、千香は自ら拳を振るったのだ。

半蔵を庇《かば》うためだけではない。

泰之進は、彼女にとって倒すべき相手。

この機に決着を付けずして、何とするのか。

そう思えばこそ自ら志願し、半蔵に代わって戦ったのだ。

用いた技こそ半蔵の受け売りだが、女人ながら腕に覚えのある彼女でなければ一撃で片は付かなかったことだろう。

長きに亘って苦しめられた男を打ち倒し、千香は感無量であった。

しかし、いつまでも喜びを噛み締めている暇はない。

「疾《と》く参るぞ、千香殿」

「はい」

言葉少なにうなずき合うと、二人は布団部屋を後にする。

助けを待つことなく、自力で表に抜け出すつもりだった。

四

刃と刃がぶつかり合い、金属音が続けざまに響き渡る。

右近の凶刃を受け止める、範正の手の内は甘い。

刀身の半ばのところで止めるつもりが目測を誤り、辛うじて受け流す。

「どうした、えっ？」

嘲《あざけ》りながら、右近は返す刀で斬り付ける。

とっさに凌《しの》いだものの、範正は防戦一方。

「く、くそったれが……」

悔しげに呻く範正は、目を開けることができなくなっていた。

右近が卑怯《ひきょう》な手を使ったのである。

刃を交えながら懐から取り出し、吹き付けたのは砂迅雷《さじんらい》。

吹き口の付いた楕円形の容器に鉄粉と砂、唐辛子などを詰めておき、敵の顔面を目がけて噴出する砂迅雷は、忍びの者も使用する変わり武器。

思わぬ反撃に、さすがの範正もしてやられた。

「旦那《だんな》ぁ！」

梅吉は焦っていた。

手許には範正が攻勢だった隙に、地面から拾い集めた短刀が揃っている。

だが、援護するのは難しい。

右近は巧《たく》みな足さばきで、常に範正の陰に立つように動いていた。

腕に覚えのある梅吉も、これでは手をこまねいてしまう。

まして、相手は強敵。

ただでさえ震えが来るのに、命中させるのは至難だった。

焦りが募《つの》るばかりなのは、お駒も同じ。

右近は範正を圧倒する一方で、お駒たちを逃がそうとせずにいる。

孫七を抱えて駆け出そうとすれば、サッと行く手を塞ぎ、医者の許に駆け込むのを許さない。

このままでは、孫七の命が危ない。

恃みの範正は劣勢に陥り、梅吉も手を出せぬとあっては万事休す。

半蔵を助けに来たはずなのに、こちらが救援を必要とする始末だった。

「くっ……」

お駒は悔しげに歯嚙みする。

斯くなる上は、自分が戦うしかあるまい。

意を決したお駒は、そっと孫七を地面に座らせる。

止血した傷口に刺激を与えぬようにしたのは、言うまでもない。

慌てて梅吉が駆け寄ってきた。

「この人を頼むよ、梅」

告げるお駒の口調は揺るぎない。

「ど、どうしなさるんで？」

孫七の肩を支えつつ、梅吉は問う。

「あたしが隙を作る……その間に、孫さんを連れていくんだ」

「そんな、無茶ですぜ」

「やるしかないんだよ。言われた通りにしな！」

「姐さん!!」

止めようとするのに構わず、お駒は駆け出す。

折しも右近は範正を追い詰め、刀を打ち払ったところだった。

辛うじて手放すには至らなかったものの、範正は体勢を崩してしまっていた。

右近から見れば、斬ってくださいと言われているようなもの。

「今少し、楽しませてもらいたかったのだがな……」

残念そうにつぶやきながらも、右近が浮かべているのは酷薄な笑み。

お駒たちの存在も一瞬忘れ、手強い相手を仕留めんとする快感に酔っていた。

油断した右近の背中に向かって、お駒は猛然と突き進む。
鉤縄で遠間から攻めたところで、麻縄を断たれてしまえば後がない。
ならば、肉迫して倒すのみ。
走りながら抜いたのは、後ろ腰から抜き放った九寸五分《くすんごぶ》。
男でも手に余る刃長《はちょう》だけに、小柄な女の身で振るうのは難しい。
と思いきや、お駒の動きに危なげはなかった。
白い指を黒塗りの柄にしっかり絡め、小指と薬指を締めている。
狙ったのは右近の脾腹。
一気に刺し貫き、動きを止めるつもりだった。
むろん、こちらも無事では済むまい。
相討ちで右近に斬られようとも、やらねばならぬのだ。
護ってやりたいと想う者を、生かすためには――。
必殺を期した刃と一体になり、お駒は体ごとぶつかっていった。
「む！」
とっさに右近が抜き合わせたのは、帯前に差していた脇差。
刀の柄から右手を外し、向き直りながら抜刀したのだ。

二条の刃が激突し、軽やかな金属音が上がる。

思わぬ奇襲に右近が驚いたのは、ほんの一瞬のことだった。

「残念だったな、女」

右近は嗜虐の笑みを浮かべていた。

「ちと待っておれ。しばらく動けぬようとしてやる故な」

告げると同時に喰らわせたのは、強烈な足払い。

同時に打ち払われた九寸五分が、さくりと地面に突き立つ。

「ち、畜生《ちくしょう》……」

お駒が悔しげに呻いた。

剝き出しの肩が埃《ほこり》まみれになっている。

肩を強打したばかりか、足までくじいてしまっていた。

「うぬっ」

負けじと範正は突きを繰り出した。

だが、目測を誤った刃は空を裂いたのみ。

不覚にも上体を泳がせ、前にのめる。

斬り合いの最中に体勢を崩すのは命取り。

まして、右近は情けなど皆無の男。

脇差を帯前の鞘に納め、両手で刀を振りかぶる。

まずは範正を袈裟がけに斬り伏せ、返す刃でお駒の柔肌《やわはだ》を裂くつもりだった。

と、そこに足音が聞こえてきた。

乾いた地面を雪駄で踏む音は規則正しく、急いでもいない。

誰がやってきたのか、最初に気付いたのは右近だった。

「……兄者《あにじゃ》か」

振り下ろさんとした刀を止めたまま、右近は背中越しに告げる。

左近は無言のまま、弟に向かって歩を進めていく。

（三村左近……か……）

お駒はもとより、範正は動けない。空振りした刀身を手許に引き寄せ、八双の構えを取って防御を固めはしたものの、完全に気を呑まれてしまっていた。

右近に双子の兄がいることを、範正は知っている。

弟の上を行く剣の遣い手であるのも、かねてより承知の上。

飼い主の鳥居耀蔵の命に従い、加勢をしに現れたのか。

新たな強敵の姿を目視できぬまま、範正は恐怖に打ちのめされていた。

今は右近さえ手に余るのに、左近まで加わっては、どうにもなるまい。

これでは半蔵に申し訳が立つまい。

当の半蔵の命ばかりか、助けるために馳せ参じた、お駒たちも救うことができなかったのだ。

千香を救わんとした室田伝兵衛との約束も、果たせぬまま終わってしまう。

(甘かったぜ……)

範正は痛感せずにいられなかった。

目潰しを喰らわされるまで、右近を舐《な》めていたからである。

人斬りが役目なのは同じでも、相手は外道。

専《もっぱ》ら弱い者ばかりを嬉々として斬りまくり、自分は強いと驕《おご》っている奴になど負けるはずがない。

そんな自信が先に立ち、卑怯な手を自在に繰り出せるのも実戦における強さであることを、迂闊にも見逃していた。

今になって、詰めの甘さを悔いても遅い。

範正の後悔など意に介さず、左近が立ち止まる。

「余計な真似はいたすなと言うたはずだぞ、兄者」

やむなく視線を向けつつ、右近がぼやく。

手にした刀の切っ先だけは油断なく範正に向けているが、兄の思わぬ出現に気を取られてしまっていた。

「断っておくが、止めても無駄であるぞ。血を分けた兄と申せど、人の楽しみを奪うことは……」

「許さぬ、と申す所存か」

言葉を引き取り、左近はつぶやく。

「ならば、こうするしかあるまいよ」

告げると同時に、鯉口を切る。

抜き付けられた相手は右近。

「兄者っ」

驚きと怒りが綯《な》い交ぜになった声を上げた刹那、右近はよろめく。

血煙は上がらなかった。

胴を払う寸前に、左近は刃を返していた。

斬られたと思い込ませて失神を誘う、峰打ちを弟に見舞ったのだ。

「お前さん、どうして……」

範正はもとより、お駒と梅吉も訳が分からなかった。

兄弟揃って鳥居耀蔵に飼われている左近にとって、自分たちは敵のはず。

弟を打ち倒すとは、何を考えているのだろうか。

理由を明かさぬまま、左近は淡々と視線を巡らせた。

驚いたままの三人を、そして座り込んで動けぬ孫七を、順繰りに見やる。

「揃いも揃うて怪我人ばかりか……この様で乗り込まば、おぬしらまで人質に取られるのがオチぞ」

ひとりごちるや、右近に歩み寄る。

気を失ったままの弟の懐を探り、左近が取り出したのは緋房の十手《じって》。くるんであった袱紗《ふくさ》は畳んで袂《たもと》にしまい、後ろ腰に差して歩き出す。

「ま、待ちなよ。十手なんぞ持ち出して、どうしようってんだい」

梅吉から何をしているのか聞かされ、範正は慌てて呼びかける。

足を止めることなく、返してきたのは意外な答え。

「笠井は拙者《せっしゃ》が救い出す。あやつに死なれてしもうては、この先の楽しみが無くなるので、な」

「お前さん……」

「その有り様では動くのもままなるまいぞ。早う医者に診《み》てもらうがいい」

背中越しに答える口調は素っ気ない。

「ま、待てよ！」

重ねて範正が呼びかけても、向き直ろうとしなかった。

「拝借《はいしゃく》いたす」

告げると同時に摑んだのは、芝居茶屋の庇《ひさし》からぶら下がった孫七の鉤縄。よじ登ろうとした隙を右近に突かれ、そのままになっていた。

範正たちを後に残し、左近は縄を登り始める。

ぴんと張った縄を伝い、壁を軽く蹴って弾みを付けながら、屋根の上を目指す動きは機敏にして力強い。

きちんと袴を穿いていることを除けば、右近にしか見えなかった。

三村兄弟は外見こそ瓜二《うりふた》つでも、気性は別人の如く異なる。

物静かで常に折り目正しく振る舞う左近に対し、右近は粗暴で残虐な質《たち》。容貌が酷似していながら真逆の、貴公子と無頼漢の如き兄と弟であった。

そんな左近が弟に成り代わり、事を為そうとしている。

目的は、無二の好敵手と見込んだ半蔵を助けることだけではない。

動く一番の理由は、弟の立場を守るため。

右近が南町奉行所で怠惰な態度を取り続け、真面目に勤めずにいれば、いずれ同心の職を失う羽目になるのは目に見えている。

そろそろ手柄を立てさせ、周りの評価を回復しておくべきだった。

弟は幼い頃から、好き勝手に振る舞う男。

生まれながらに体格と容姿に恵まれ、腕っ節も強いために増長し、陰で支える兄の苦労も知らず、何をしても許されると思っていた。

自分は奉行の矢部定謙に腕を見込まれ、頼りにされているのだから少々怠《なま》けたところで大事はないと楽観していたが、それは甘い考えというもの。

左近が密かに調べたところ、奉行所内での評判は甚《はなは》だ悪い。

見習い同心になりすまして潜り込んだ当初こそ、与力や先輩同心たちから期待を寄せられ、異例の速さで廻方に抜擢《ばってき》されても妬《ねた》む者などいなかったが、近頃は厄介者扱いされるばかりらしい。

現場で嫌われては、どれほど上《うえ》つ方《かた》が目を掛けてくれようと無駄なこと。

全体の士気が損なわれると突き上げを喰らえば、さすがの定謙も庇いきれずに職を解かざるを得ないだろう。

それでは獅子身中《しししんちゅう》の虫として南町奉行所で右近を暗躍させ、定謙を南町奉行の座から引きずり降ろす、耀蔵の計画にも支障を来してしまう。

危惧の念を募らせていたとき、芝居町で思わぬ事件が起きたのだ。

これは奉行所内で右近の評価を上げる、絶好の折だった。

敵でありながら死なせたくない半蔵を助ける上でも、良い言い訳になる。

弟が馘首《くび》にされて計画が頓挫《とんざ》するのを防ぐため、こたびは手柄を立てさせるのを勝手ながら優先したと釈明すれば、耀蔵も納得せざるを得ないだろう。むろん右近も文句は言えず、昏倒《こんとう》させられたことを恨むまい。

屋根の上まで辿り着き、左近は視線を巡らせる。

茶屋の表を固めた捕方たちに、まだ突入の命は下っていないらしい。

物々しい捕物装束に身を固めた与力と同心たちも、奉行から許可を得られずに焦れている様子だった。

今のうちならば、立て籠もった一味を片付ける余裕は十分。

「待っておれよ、笠井半蔵……」

小声でつぶやきつつ、左近は屋根の瓦を外していく。

弟の立場を守ると同時に、好敵手の命を救う。

一挙両得と思えば、汗を掻くのも苦にはならなかった。

五

その頃、半蔵は布団部屋を抜け出したところであった。

体力はだいぶ回復しており、支えられずとも何とか歩ける。

忍び足で廊下を渡る半蔵は、泰之進の刀を提げている。

後に続く千香も同様に、敵から奪った脇差を手にしていた。

夜更けの屋内は、しんと静まり返っている。

泰之進は布団部屋の見張りだけではなく、他の場所で警戒に当たっていた仲間まで皆殺しにしてしまったらしい。

愚かな真似をするものだが、おかげで見つからずに済む半蔵と千香にとっては幸いと言えよう。

森たち三人は、まだ異変に気付いてはいないらしい。

見つかる前に抜け出せれば、戦うには及ぶまい。

用心のために泰之進から大小の刀を奪っては来たものの、半蔵も千香も体力は限界を超えている。できれば無用の争いは避け、密かに脱出したかった。

と、反対側の廊下から足音。

続いて聞こえてきたのは、新藤と川野の声だった。

「何や血腥《ちなまぐさ》いで」

「ほんまやな……油断したらあかんで」

緊張した声を交わしつつ、二人は近付いてくる。

半蔵は千香に視線を送る。

うなずき返し、千香は脇の障子を開ける。

部屋伝いに忍び寄り、半蔵と同時に仕掛けるつもりなのである。

高慢な奥女中だった頃の彼女ならば、命懸けで戦うことなど有り得まい。何事も半蔵に押し付け、自ら剣を取るはずもなかった。

だが、今の千香は以前と違う。

共に戦い、死地を脱するという半蔵との約束に従い、行動していた。

欲得ずくで利用しようと近付いた男のために、まさか体を張る羽目になるとは夢想だにしなかった千香である。

思わぬ成り行きだが、不快ではなかった。

事件に巻き込まれたおかげで、泰之進との因縁に決着が付いたからである。

愚かな男を相手に拳を振るい、千香は吹っ切れた想いだった。

泰之進をぶっ飛ばすと同時に、積年の厄も落ちた。

そんな気分になれたからには、前向きに生きていきたい。

女の意地にこだわらず、佐和とも和解したい。

そのためにはまず、生き延びることが必要だ。

新藤と川野が侮れぬ相手なのは、夕暮れ前の茶屋で拘束されたときから承知している。頭目の森を支え、仲間の浪人たちに睨みを利かせる副将格だけあって剣の腕も、それなりに立つと見なすべきだろう。

千香はもとより、半蔵も油断していない。

ふだんの半蔵ならば苦もなく倒せる相手も、今は手強い。

手にした得物も、いつもとは違う。

（斬れるのか、俺は……）

よろめく足を踏み締め、抜き身を構えた半蔵は、緊張を隠せない。

半蔵は戦いの場に赴《おもむ》くとき、本身の替わりに刃引きを持参するのが常。

刃《やいば》を潰して斬れなくした得物で相手を打ち倒すにとどめ、命まで奪わぬように心がけている。

殺生を避けることだけが、理由ではない。

相手を斬ろうと意気込むほど体が強張り、思うように実力が発揮できぬことを半蔵は知っていた。

去る二月の寒い朝、初めての真剣勝負を通じて自覚したことである。

半蔵は苦戦を強いられながらも何とか耐え抜き、とっさに手にした竹刀で敵を悶絶《もんぜつ》させることによって、辛くも窮地を脱した。

天然理心流《てんねんりしんりゅう》の実戦向きの荒稽古《あらげいこ》で体さばきを、太い木刀を日々振るうことで刀さばきをそれぞれ会得した半蔵には、戦えるだけの力が備わっている。

相手を倒せぬわけではない。

ただ、斬るのも斬られるのも嫌なだけなのだ。

ならば、殺さずに打ち倒せばいい。

そのことに気付いて以来、ずっと半蔵は刃引きを用いてきた。

しかし、今は奪った一刀しか武器が無い。

さすがの半蔵も、峰打ちが使えるほどの技倆《ぎりょう》は持ち合わせていなかった。

峰打ちは相手の体に当たる寸前に刀身を反転させ、軽く打つことで斬られたと思い込ませ、失神を誘う高等技術。

ぎりぎりまで刃を向けて斬り付けるから相手は恐怖するのであり、最初から峰を返していれば、誰も恐れはしないだろう。

それに強い衝撃を峰に与えれば刀身が歪み、使いものにならなくなる。あくまで軽く打つから大丈夫なのであり、強打するわけにはいかない。

その点、最初から刃が潰してあれば心置きなく打ち振るえる。

刃引きを用いていればこそ、半蔵は強い。持ち前の実力を余さず発揮し、伸び伸びと戦うことができたのだ。

だが、今は本身しか手許に無い。

いつもの戦法が取れぬ今、如何に戦うか。

勝利しなければ、千香ともども生き残ることはできない。

ここは覚悟を決めねばなるまい。

半蔵は静かに息を吸い込む。

臍下《せいか》の丹田《たんでん》に気を落とし込み、腹を据える。

廊下の角を曲がって、新藤と川野が姿を見せた。

「あ、あいつや！」

「やりよったな、いてまえ！」
怒声を上げるや、二人は速やかに鞘を払う。
その視線は半蔵だけでなく、後方に転がった仲間の姿も捉えていた。
見張りを斬ったのは泰之進ではなく、半蔵と見なしたのである。
こうなれば、問答無用で斬ろうとするのも当たり前。
言い訳をしたところで通じまい。
半蔵が刀を構えると同時に、千香が飛び出す。
忍んだ部屋の障子を破って廊下に躍り出るや、背後から斬りかかる。
闘志は十分だったが、相手も甘くはなかった。
「ふざけよって、このアマ！」
負けじと川野が向き直る。
反撃の斬り付けは、意外なほど速い。
「くっ！」
ひと突きに仕留める目論見《もくろみ》が外れた千香は、懸命に脇差で受け流す。
狭い廊下に、金属音が続けざまに響き渡った。
半蔵も、新藤の攻めを防ぐので精一杯。

このままでは、千香が斬られてしまう。速やかに目の前の相手を倒し、援護をしなければならない。

(ままよ!)

斬撃を阻んだ刹那、半蔵は攻めに転じた。

受け流した勢いで右肩の上方に跳ね上がった刀を、一気に斬り下ろす。

存分に勢いの乗った刀身が、新藤に向かって走る。

「ひ!」

新藤が思わず悲鳴を上げる。

その声を耳にした弾みで、半蔵の手の内が動いた。

手のひらの中で柄が一回転したのは、左肩口に届く寸前だった。

ずんと音が上がった刹那、新藤が崩れ落ちていく。

廊下に転がったときには白目を剝き、完全に気を失ってしまっていた。

新藤の体を捉えたのは、無意識のうちに反転させた峰。当人が斬られたと思い込むほど、ぎりぎりのことだった。

(できた……のか……)

荒い息を吐きながら、半蔵は手にした刀を見やる。

しかし、感慨《かんがい》を覚えている暇はない。

だっと半蔵は駆け出す。

川野に追い込まれた千香は、廊下沿いの部屋の中。

「わいは女やからって甘《あも》ないで！　覚悟せいや！」

千香は髪を振り乱し、脇差を前に突き出して威嚇《いかく》するが通じない。

「おらっ！」

重たい斬撃が千香の脇差を叩き落とす。

間を置くことなく、川野は刀を振りかぶる。

斬り付けんとした刹那、半蔵が喰らわせたのは体当たり。

不意を突かれた川野は吹っ飛び、柱にぶち当たって気絶する。

それは半蔵渾身の一撃であった。

まぐれで為した峰打ちが再び通用するとは思えぬ以上、刀に頼らず体を使って倒すしかあるまい。

しかも一度で決めなければ、息も体力も続かない。

意を決しての猛攻は、何とか吉と出た。

「大事ないか、千香殿……」

息を整えつつ、半蔵は問いかける。

「は……はい……」

答える千香は、落胆の色を隠せずにいた。

がっくりと片膝を突いたまま、胸の内は情けない気持ちで一杯。

自分は半蔵に無理ばかりさせている。

気付いたとたんに、いたたまれなくなったのだ。

己の迂闊さも、今更ながら省《かえり》みずにいられない。

市中を出歩けば、狙われるのも当たり前。

そんなことも分からずに、不用心な真似をしたのが悔やまれる。

うつむいたまま動けぬ女を、半蔵はそっと抱え起こそうとする。

しかし、千香は受け付けない。

「お止めくだされ！」

差し伸べられた手を払ったのは、いっそ呆れてほしいと思えばこそ。

もはや千香には、半蔵の上を行くものが何もない。

大奥を追われ、実家から見放され、窮地に陥って一人だけで戦え抜けるだけの力も持ち合わせてはいないのだ。

同情で優しくされるなど御免だった。

「ううっ……」

半蔵に背を向けて、千香は弱々しく泣き出した。

どうしたらいいのかわからず迷える女を、半蔵は見捨てようとはしなかった。

「今は頼ってくれて構わぬのだぞ、千香殿」

「半蔵さま……」

「ここから出るまで、拙者を夫と思うておるがいい」

「……かたじけのう存じまする」

千香はゆらりと立ち上がった。

優しい言葉をかけられても、喜んでなどいない。

逆に、何と残酷なことを言うのかと呆れていた。

怒り出さなかったのは、半蔵に他意が無いのを分かっていればこそ。

千香をこのままにはしておけないと思えばこそ、らしからぬ甘言《かんげん》を用いてまで奮い立たせようとするのだろう。

愛妻一途の半蔵に余計な気遣いをさせたことが、かえって心苦しい。

影御用に事寄《ことよ》せて半蔵を身辺に置いて以来、千香には分かったことがある。

この男が十年もの間、佐和と共に過ごせたのは打算でも何でもない。

不向きな職に就かされ、美しくも気が強すぎる鬼嫁にしごかれながらも笠井家にとどまっていられたのは、妻を愛していればこそ。

さもなくば、耐えられるはずがあるまい。

半蔵は今、敵陣から脱しようとしている。

愛する妻の許に帰りたいと願えばこそ、死力を振り絞って戦ったのだ。

佐和が羨《うらや》ましい。今こそ、そう思わずにはいられぬ千香だった。

一方の半蔵は、油断なく気を張っていた。

大塩一味の残党は全滅したわけではない。

頭目の森が、まだ残っているのだ。

しかし、先程から一向に姿を見せようとしない。

異変に気付いたのであれば、とっくに駆け付けてもおかしくないはずだったが一体どうしたというのか。

「妙だな……」

「様子を見て参りますか、半蔵さま」

「いや、気付かれておらねば幸いというもの。今のうちに抜け出そうぞ」

千香を促《うなが》し、半蔵は歩き出す。

廊下を抜けて、玄関へ向かう。

途中には、幾つもの亡骸が転がっていた。

いずれも一刀の下に斃《たお》されたらしく、驚きの表情のまま息絶えている。

「木島泰之進の仕業《しわざ》であろうよ」

思わず目を背ける千香に、半蔵は疲れた声で告げる。

すでに、表は明るくなりつつあった。

玄関から出て行く寸前、すっと千香は半蔵から身を離した。

ここから先は頼るまい。

入り婿とはいえ旗本を引っ張り回し、悪しき一味の人質にされた恥ずべき女として、世の非難を甘んじて受けるつもりだった。

第六章　敵同士なれど

一

去り行く二人を、無言で見送っていたのは三村左近。

足下には森が引き据えられている。

気を失ったまま、捕縄で縛り上げられていた。

屋内に侵入した左近は、行く手を阻む見張りの者たちを次々に斬り捨てながら広間まで辿《たど》り着き、森だけは峰打ちで失神させるにとどめた。

せっかく弟になりすまして乗り込んでも、手柄を立てたことを証明してくれる者がいなくては意味がない。

むろん、半蔵のことも忘れてはいなかった。

峰打ちを浴びせる前に森を問い詰め、布団部屋にいると聞き出して早々に救出に向かったのだ。

しかし半蔵は手を貸すまでもなく、新藤と川野を自力で倒した。

しかも、これまでは為し得なかった峰打ちに開眼したのである。

肩すかしこそ喰ったものの、左近は満足していた。

新藤を制する瞬間を見た限り、半蔵は自在に峰打ちができる域にはまだ達していなかった。

改めて修行を積んでもらわねば左近には太刀打ちできぬが、それでも以前よりは確実に腕を上げている。

森の話によると頑丈な鉄輪付きの鞘で散々痛め付けられ、気力を絞らねば歩くのもままならない状態でありながら峰打ちをとっさに繰り出したのだから、相当に地力が付いたと見なしてやるべきだろう。

先の楽しみに期待しつつ、左近が向かった先は布団部屋。

悶絶《もんぜつ》していた新藤と川野を縛り上げ、動けずにもがく泰之進を引きずり出したところに、乱れた足音が聞こえてきた。

「御用《ごよう》だ！　どいつもこいつも神妙《しんみょう》にしやがれい！」

勢い込んで突入したのは捕方の一団を引き連れた、北町の若い同心。

高田俊平、二十二歳。

半蔵と同門でイキのいい若者は、かねてより右近と敵対しているらしい。そのことは、もとより左近も承知の上だった。

「三村、てめぇ……」

誰もいないはずの屋内に左近を見出し、俊平は絶句する。

まさか双子の兄がなりすましたとは、気付いてもいない。

「悪いが一番乗りしたのはこの俺だ。北のお奉行にも、そう伝えてもらおうか」

緋房の十手をこれ見よがしにちらつかせ、何食わぬ顔で左近はうそぶく。

「ふざけるねぇ！　よくも抜け駆けしやがって！」

「怒るな怒るな、はははははは」

弟の口調を真似て笑いながら、左近は歩き出す。

実にいい気分だった。

何はともあれ半蔵が危地を脱し、弟のために点数を稼いでやることもできたとなれば申し分ない。

むろん、必要以上に馴れ合うつもりはなかった。

左近にとって、半蔵はいつの日か倒すべき存在。

ただ、他の者に先を越されるのは惜しい。

半蔵は左近にとって、初めて巡り合った好敵手。

斬らずに勝負を制する姿勢を貫く一方で、少しずつ強さを増しているところも好もしい。

不殺を貫く半蔵と違って、左近はおびただしい数の人を斬ってきた身。

いずれ墜《お》ちるのは地獄だろうが、せめて死ぬ前に一度だけ、納得の行く相手と真剣勝負がしてみたい。

自分と同様の汚れた人斬りではなく、性根も曲がっていない愚直な男。

半蔵は、左近が望む相手の条件にことごとく合っている。

なればこそ死なせたくないし、成長を見守ってもいたい。

決着を付ける日が待ち遠《どお》しい。

朝日の射す道を往《い》く、左近の胸中は晴れやかだった。

二

かくして、芝居町の事件は解決した。

首謀者は三村右近が生け捕りにした浪人三名と断定され、早々に裁《さば》きを下され獄門に処された。

それと前後して、木島泰之進も密かに死罪に処された。

切腹による自裁を許されることなく首を打たれる、武士として耐えがたい最期を強いられたのは、大塩一味の残党に直参旗本が加わっていたという、将軍家にとって恥ずべき事実を隠蔽《いんぺい》するためでもあった。

そこまでは速やかに決着を見たものの、難航したのは千香の処分。

事もあろうに姉小路が態度を一転し、庇《かば》い始めたのだ。

立て籠もった一味に書状を送りつけ、大奥から追放したと吹き込んだのは公儀の体面を保つための苦肉の策。千香の身を危険に晒《さら》したのは本意ではなかったと主張し、目付の鳥居耀蔵を説き伏せにかかったのである。

その日も姉小路は耀蔵を七つ口まで呼び出し、面談に及んでいた。

「何を申すか鳥居殿！　そも、おちかに何の罪があるのです⁉」

「知れたことにござろう。男と密通に及びたる奥女中には、厳罰を以て処するが大奥の習い……違いますかな」

「たわけたことを申すでないわ。おちかは生島とは違いますぞ！　役者を買うたわけではなく、伝手《つて》を頼りて警固役を頼んだだけであろうが‼」

「落ち着きなされ、御年寄《おとしより》様」

どれほど金切り声を浴びせられても、耀蔵は無表情。

上臈《じょうろう》御年寄といっても、所詮は女。怒ったところで、何とも感じはしない。

何度呼び出されても苦にはならぬが、問題なのは姉小路の背後には阿部正弘が付いていることだった。

気鋭の寺社奉行は、耀蔵にとって目障りな存在。

表向きは老中首座の水野忠邦に従順に振る舞いながらも、耀蔵や良材の行動を密かに探っている節がある。潰さねばなるまいが隙が無く、配下の御小人目付衆に探らせても泣き所がなかなか見つからない。千香を厳罰に処することを強硬に主張し続ければ報復され、逆に耀蔵が尻尾《しっぽ》を摑まれてしまう恐れも否めない。

さすがの正弘も忠邦には逆らえまいが、いずれ台頭してくるであろう若き実力者を甘く見て、火傷《やけど》をさせられてはまずい。

それに姉小路と正弘は、こちらの邪魔ばかりするわけではない。

二人が摘発《てきはつ》に動いている感応寺の一件は、忠邦にとっても頭の痛いこと。

事は寺社奉行の管轄《かんかつ》であり、目付では扱えない。耀蔵といえども手に余る問題を代わりに解決してくれるのならば、有難いというものだ。

住職の日啓が罪に問われれば、実の娘のお美代の方も無事では済まない。

目障りなのは姉小路も同じだが、亡き大御所から寵愛《ちょうあい》を受けていたことを笠に着たお美代の方は、忠邦が大奥から真っ先に排除したがっている存在。義理の父で旧大御所派の雄として君臨する中野清茂の力を削ぐためにも、一刻も早く追放する必要があるからだ。

姉小路とお美代の方。

どちらを先に潰《つぶ》すのかと問われれば、自ずと答えは決まっている。

ここは一歩譲って姉小路の顔を立て、感応寺潰しに力を入れてもらったほうが賢明《けんめい》と言えよう。

耀蔵はわざとらしく溜め息を吐いた。

「……致し方ありませぬな」

「な、何ですか」

虚《きょ》を突かれ、姉小路は戸惑った声を上げる。

すかさず耀蔵は語りかけた。

「下《しも》つ方《かた》を思いやる御年寄様のお気持ちは、痛いほど分かり申した。越前守様はそれがしが取りなしまする故《ゆえ》、千香なる中臈の処遇は委細《いさい》お任せいたす」

「まことか、鳥居殿？」

「二言《にごん》はござらぬ……その代わり、向後《こうご》は大奥の風紀を一層厳しゅう引き締めていただきますぞ」

「まぁ、感応寺のことを言うておるのですね」

姉小路は微笑んだ。

「その儀ならば、妾には心強い味方がおります。そなたが案じてくれずとも大事ない故、任せなされ」

「心強きお言葉、有難く頂戴いたす」

慇懃《いんぎん》に一礼し、耀蔵は腰を上げる。

千香が利用できぬとなれば、半蔵が密通に及んだと決め付け、詰め腹を切らす計画も諦めるしかなかった。

（それにしてもあの男、どこまで武骨者なのか……）

姉小路が厳しく調べたところ、千香は宿下がり中に幾らでも機会があったにも拘わらず、半蔵から一度たりとも手を出されなかったという。

色事に淡泊な耀蔵も、呆れずにはいられない。

ともあれ、こたびは身持ちの堅さが半蔵を生き延びさせた。

色仕掛けが通じぬと分かったからには、次は違う手で攻めるのみだ。

（小人目付どもも頼りにならぬとあれば、いよいよ三村兄弟が恃《たの》みだのう……）

思案を巡らせながら、耀蔵は七つ口を離れていく。

頭を下げて見送る広敷伊賀者たちの中に、室田伝兵衛の姿は見当たらない。

男子禁制を破って大奥へ密かに出入りし、千香の手先となって働いていたことが露見して職を解かれたのだ。

本来ならば死を与えるべきところを助命され、禄《ろく》を召し上げられて浪々の身となるにとどまったのは、姉小路に対する千香の嘆願が功を奏したからだった。

姉小路が伝兵衛を救ってやったのは、情けがあってのこととは違う。

千香を利用するために、少しは機嫌を取らなくてはならない。

広敷伊賀者は三十俵二人扶持《ににんぶち》の御家人。取るに足らない男の命を助けただけで言うことを聞かせることができるのならば、安いものだ。

「ふん、成り上がり者めが偉そうに……」

耀蔵が立ち去るのを見届けて、姉小路は不快げに鼻を鳴らす。

伝兵衛を助命するのと違って、存外に手間取ってしまったものである。

さすがは老中首座の懐《ふところがたな》刀だけに一筋縄《ひとすじなわ》ではいかなかったが、これで千香を大奥に戻すことが叶うというもの。

（さて、改めて贄《にえ》になってもらうとしようぞ……）

胸の内でつぶやきつつ、姉小路は微笑む。

千香を大奥に呼び戻したのは、感応寺潰しに利用するため。

祈禱《きとう》と偽って奥女中たちに美僧の肉体を提供し、歓を尽くさせる日啓とお美代の方の存在は、姉小路にとって許せぬもの。

若いながら切れ者の阿部正弘は着々と摘発《てきはつ》に動いてくれているが、動かぬ証拠をもう少し用意したいところである。

そこで姉小路が思いついたのは、千香を生け贄に仕立て上げること。

千香はお美代の方に代参を命じられ、かねてより感応寺にしばしば参詣《さんけい》をしている。

もとより身持ちが堅いだけに、一度も不埒《ふらち》な所業になど及んではいまいが事実などはうまい。

今の姉小路に必要なのは生き証人となり、晒し者にしても構わぬ奥女中。他の奥女中を同様の目に遭わせるのは不憫《ふびん》だが、あの生意気な女はどうなろうと構わぬ奥女中。どうでもいい。

（ふふふ……早く戻って参るがいい……）

不気味にほくそ笑みつつ、姉小路はお付きの者をずらりと従え、長局向《ながつぼねむき》の廊下を渡っていく。

罪に問われぬばかりか大奥に再び戻ることが叶ったとなれば、千香は姉小路を恩人と思うはず。何を命じても言うことを聞くはずだ。

それに十中八九、千香は自棄《やけ》になっている。

懸想《けそう》した男に袖にされ、言いしれぬ寂しさと空しさを抱えているだろう。

今ならば姉小路から勧められるがままに、感応寺で歓を尽くすのを迷ったりはしないだろう。そうなれば、こっちのものだ。

嘘が真実となり、千香を恥ずべき女として晒し者にしてやれる。

「ああ、良き気分じゃ」

期待に胸を膨らませて、姉小路はつぶやく。

お付きの者たちには、何を言っているのか分かりはしない。

訳が分からぬまま一様に安堵した面持ちになったのは、姉小路が上機嫌でいてくれれば、自分たちもとばっちりを喰わずに済むからである。

逆に機嫌を損ねれば、何をされるか分かったものではない。

大奥に戻れば、千香も同じ立場になる。

かつては常に毅然《きぜん》と振る舞い、礼を尽くしても盲従せずにいた気高い御中臈を待っているのは、姉小路の奴隷への仲間入り。

それだけならばまだいいが、待っているのは生き恥を晒した上で不貞の烙印を押され、再び大奥から追われる運命。

重ね重ね耐えがたい恥辱を受けては、今度こそ千香も生きていられまい。

むろん、姉小路の知ったことではなかった。

三

無罪と決まった千香の身柄は、当日のうちに大奥へ移された。

すぐさま、姉小路は私室に招いた。

入浴と結髪をさせ、装いを調えさせた上で対面したのである。

幾分やつれてはいたものの、千香は存外に元気だった。

「謹《つつし》んで御礼を申し上げまする、御年寄様……」

うやうやしくも優雅に頭を下げる所作も、以前と変わらぬものだった。

「よう戻ってくれたのう……まこと、喜ばしき限りじゃ」

本音を隠し、姉小路は嬉々として告げる。

と、作り笑いが凍り付く。

思わぬ言葉を、千香が発したのだ。

「な、何と申した？　今一度、言うてみよ」

「晴れてお暇《いとま》を頂戴いたしたく、伏してお願い申し上げまする」

「ら、埒もないことを言うでない！」

姉小路は声を荒らげる。

「そのほうの罪が無《の》うなったのは、妾の力があってのことぞ！　わが恩に報いること
なく退転いたそうとは、如何なる所存かっ」

だが、千香も負けてはいない。

「恩義に感じておればこそ、ご挨拶《あいさつ》にだけは伺《うかご》うたのでございます」

凛《りん》とした瞳《ひとみ》で見返し、答える口調は堂々としている。

「何じゃと……」

さすがの姉小路も呆気《あっけ》に取られた。

千香は続けて言上《ごんじょう》する。

「おかげさまで御目付の吟味こそ沙汰止みになりましたが、私が今一度ご奉公に上がっても構わぬとのお達しは、まだ頂戴しておりませぬ」

「何を申すかっ。すべて妾の一存で決まっておるわ！」

「そうは参りますまい」

金切り声に動じることなく、千香は言った。

「御年寄様もご承知の通り、私は実家より離縁されし身にございまする。ご奉公に上がるとなれば目見《めみえ》にとどまらず、宿見《やどみ》と親類書《がき》が改めて入り用なのではありませぬか」

「む……」

姉小路は二の句が継げなかった。

大奥へ奉公に上がるには目見、宿見、親類書の提出といった段階を踏まなくてはならない。

上位の奥女中によって行われる目見は、言わば面接試験。

ここで仮採用された者に対する身の上や資産の調査が宿見で、続いて親類書と呼ばれる履歴書の確認が行われ、問題がなければ正式に奉公が許される。

幕臣の娘であれば宿見は略されるが、千香は実家の旗本から縁を切られ、単に士分というだけの立場。正しく順を追うならば、最高位の奥女中たる上臈御年寄の姉小路といえども勝手な真似は許されない。

ごり押しで事を決めず、正規の手続きを取ってほしい。

千香は、そう言っているのだ。

もちろん、大奥に戻る気など有りはしない。

たとえ姉小路との面談が目見の代わりと言われても、この段階であれば奉公を辞退することもできる。

当人の意志が固い以上、引き留めるのは不可能だった。

「どのみちお断り申し上げるつもりでありましたが、直にお返事いたすが礼儀かと存じ、こうして参上いたした次第にございまする」

「おのれ、妾の顔に泥を塗る気かっ」

「左様になされたほうが、よろしいのではありませぬか。さすれば、お心の内に澱《よど》みし汚れとお顔の釣り合いも取れましょう」

「ぶ、無礼者っ！」

姉小路は席を蹴って立ち上がった。

怒りに任せて懐剣を抜いた刹那《せつな》、天井から何者かが風を巻いて飛び降りた。

懐剣を振り上げた腕の関節を瞬時に極め、口元を塞《ふさ》いだのは初老の伊賀者――室田伝兵衛。

動きばかりか声まで封じられ、姉小路の全身が強張《こわば》る。

ねじ上げられた腕が、きりきりと痛む。

それでも抵抗せずにはいられなかったが、何をしても無駄だった。

伝兵衛は姉小路の背中に膝を押し当て、呼吸を圧迫していた。口と鼻は分厚い手のひらでがっちり塞がれており、嚙み付くのもままならない。

暴れるほどに、息は苦しくなるばかり。

「お静かに……」

あがく悪女の耳許で、伝兵衛は淡々と告げる。

「向後は二度と千香に構《かも》うてくださいますな。よろしゅうござるか」

「う……う……」

「ご承知ならば、一筆頂戴いたしまする」

すかさず千香は腰を上げ、姉小路の筆硯《ひっけん》を持ってくる。

墨《すみ》を擦っている間、伝兵衛は鼻を押さえた指だけは外してくれた。

その気になれば、姉小路の息の根を止めるのは容易《たやす》いことだ。

そうしたほうがいいのかもしれなかったが、今や伝兵衛は浪々の身。

大奥のために力を振るう責など、有りはしない。

為すべきはただ、千香を自由の身にしてやることのみ。

姉小路は震える手で筆を執る。取り上げられた懐剣を頰に押し当てられ、言われるがままに一筆認めるより他になかった。

「結構にござる……されば、御免」

覚え書きを懐中に収めるや、伝兵衛は拳を一閃《いっせん》させる。

「ぐうっ」

みぞおちに重たい拳を打ち込まれ、姉小路はくたくたと崩れ落ちた。

伝兵衛は千香を手引きし、天井裏から表に抜け出る。

用心深い姉小路が人払いを命じる一方で配下の女中を武装させ、私室の周囲に配置済みなのは承知の上。

不審を抱いた女中たちが覗いたときはすでに遅く、二人の姿は消えていた。

「お年寄様！」

「だ、大事はございませぬか⁉」

鉢巻と白襷《しろだすき》も物々しい女中たちは薙刀を放り出し、慌てて駆け寄る。

気を失ったままでいる、姉小路の顔は醜《みにく》い。

分厚く塗り込めていた紅白粉《べにおしろい》は剝げ落ち、だらしなくよだれを垂らしている。

敵対するお美代の方には、とても見せられぬ様だった。


廊下に出た伝兵衛と千香は、黙々と歩みを進めていく。

共に終始、淡々と振る舞っていた。

自分たちが何をしでかしたのかは、むろん承知の上である。

この覚え書きさえ手許にあれば、さすがの姉小路といえども、容易には手を出せぬことだろう。

その代わり、これから先は自分たちだけの力で生きていかねばならない。大奥の後ろ盾《だて》はむろんのこと、武家の特権も使えなくなったのだ。

すべてを承知で決行した以上、悔いることは何もなかった。

「参るぞ、千香」

伝兵衛に黙ってうなずき返し、千香は裲襠《うちかけ》をはらりと足下に落とす。

権威のあかしを脱ぎ捨てて、身軽な小袖姿となった上で、城外に逃れるのだ。

籠《かご》の鳥であり続ける限り、女は欲からも逃れられない。

御年寄だの御中臈だのと、所詮は狭い世界でしか通じぬ地位を巡る昇進争い。

似合わなくても所有せずにはいられない、豪華な着物や宝飾品。そして男。

そんな慰めを求めてばかりでは心が壊れてしまうと思えばこそ、千香はお美代の方に合力し、感応寺の秘め事にも加担してきた。そうしなければ多くの哀れな奥女中たちばかりか、自分まで空しくなると思えたからだ。

だが、もはや虚飾の世界に未練はない。

「参りましょう」

伝兵衛を振り仰ぎ、千香はにっこりと微笑んだ。

後は迷うことなく前に進むのみ。

共に生きるための足場を固めた後は、父親を引き取ることまで考えていた。

四

その日、半蔵は久しぶりの非番であった。

勘定所に戻って以来、ずっと働きづめだっただけに、終日休めるのは有難い。

芝居町の事件で半蔵のために奮戦してくれた仲間たちも、それぞれ体を休めているはずだった。

軽傷で済んだ範正とお駒はもとより、孫七の傷も順調に回復しつつある。

梅吉はこのところ寸暇を惜しみ、出刃打ちの稽古《けいこ》に励んでいる。

半蔵も怠けてばかりはいられない。

（よし、近藤先生にお相手を願うといたすか）

午睡を早々に打ち切った半蔵は、手早く支度を調える。

試衛館の門人には非ざる立場の半蔵だが、近藤周助の好意で稽古の道具一式を置かせてもらえるようになったため、身ひとつで出かければいい。途中で土産を買い求めて持参するのも、身軽ならば苦にならない。

袴を穿いて脇差《わきざし》を帯び、刀を右手に提げる。

廊下に出ようとしたところに、佐和がやって来た。

「お出かけですか、お前さま」

「うむ。稽古に参ろうと思うてな」

屈託なく答えたつもりだったが、半蔵は気まずい。

千香とのことを、ずっと隠しているからだ。

二人が事件に巻き込まれ、人質にされた事実は公表されていない。

半蔵は仮にも直参旗本。大奥の御中臈と一緒のところを囚われ、他の人質たちが解き放たれた後も一晩に亘って監禁されていたとは、恥ずべきことである。

万が一にも事態が明るみに出れば、下種《げす》の勘繰りで瓦版《かわらばん》などに何を書かれるか分かったものではない。

どうにか千香の安全を護り抜き、脱出した功を認められて不問に付されたとはいえ、公にできることではなかった。

勘定所の上役や同僚も、まさか事件に巻き込まれたとは思っていない。

奉行の良材が、揉《も》み消しに奔走したからである。

半蔵に警固役を命じたのは、他ならぬ良材自身。

千香の口車に乗せられたと言い訳をしても通用するはずがない以上、すべてをひた隠しにするしかなかった。

そんな良材の思惑が功を奏して、佐和にも話が伝わらずに済んだのだ。

されど、半蔵は後ろめたい気分を覚えずにいられない。

もとより妻を裏切るつもりなど無かったとはいえ、千香に少々心が動いたのは本当のことだからである。

同情が愛情に変わるのは、男と女の間ではままある話。まさか自分が体験する羽目になろうとは、半蔵も思っていなかった。

だが、現実に事は起きてしまった。

一線を越えるまでには至らなかったものの、心が動いただけでも浮気なのだと言われれば、否定はできまい。

そんな自責の念が、稽古に出ることを半蔵に諦めさせた。

「ちと外出《そとで》をいたさぬか、佐和」

「まぁ、何となされたのです？」

「良いではないか。たまさかの非番であるしな」

精一杯の笑顔を向ける半蔵に応じて、佐和はにっこり微笑んだ。

「されば急いで支度をいたしまする。しばしお待ちくださいまし」

「うむ」

笑って答える半蔵は、佐和も隠し事をしているとは気付いていない。

事件が起きる直前、思い悩んだ彼女が『笹のや』に駆け込んだまま倒れたことを未だに知らずにいたからだ。

皆に口止めをしたのは、他ならぬ佐和である。

約束を守ったお駒と梅吉は、ずっと黙ってくれている。

気を利かせた二人は、佐和の耳にも余計なことを入れなかった。

夫の周囲に女の存在を感じ取り、大いに悩んだ佐和も、まさか幼馴染みの千香が相手だとは思ってもいない。夫婦揃って、核心を知らずにいるのだ。

半蔵が浮気をするに至らなかった以上、何も知らぬほうがいい。

お駒と梅吉の配慮を、笠井夫婦は知らない。

お互いに気まずい想いを抱えたまま、ゆめゆめ態度には出さぬように心がけて日々を送っていた。

佐和の身支度は程なく調い、二人は屋敷を後にした。

月は変わり、すでに八月。

陽暦ならば九月の中旬。まだ陽射しが幾分きついとはいえ、八朔《はっさく》を過ぎた江戸はいよいよ秋も深まる季節。

半蔵は先に立ち、駿河台の坂道を粛々と下っていく。

後に続き、佐和はしとやかに歩を進める。

表向きは波風などとは無縁の、落ち着いた夫婦にしか見えない。

行き交う者も誰一人として、奇異な目など向けることなく通り過ぎてゆく。

御濠を吹き渡る風が涼しい。

共に憂《うれ》いを帯びたまま、二人は駿河台から神田を経て、日本橋通りに出る。

昼下がりの大路は、相も変わらず賑わっていた。

佐和が足を止めたのは、十軒店《じっけんだな》まで来たときのこと。

「あ……」

驚いた視線を向けた先では、流しの花売りが商いに励んでいた。

日本橋通りに面した十軒店は、春の雛市《ひないち》で知られる町。

その時季には桃の花が飛ぶように売れるため、ねじり鉢巻きも凛々しい色男が雛壇《ひなだん》に飾りやすく調えた小枝を山と担ぎ、通りを幾人も流して歩く姿が風物詩になっているが、季節外れの今は店を張っているのも一組のみ。

佐和が目を留めた花売りは、風采《ふうさい》の上がらぬ初老の男。

頬被りの下から覗いた顔は厳《いか》めしく、お世辞にも美形とは言いがたい。

だが、傍らで甲斐甲斐《かいがい》しく働く女人は、鄙《ひな》にも希《まれ》な佳人だった。

「千香……」

信じがたい様子で佐和はつぶやく。

大奥で出世し、上《うえ》つ方《かた》から気に入られて花の臥所《ふしど》で毎日寝起きをしているはずの幼馴染みが、どうしてこんなところにいるのか。

商う品もごく地味な、仏壇に供える花ばかり。

連れの男に、佐和は見覚えがなかった。

千香とは親子にしか見えぬ歳だが、彼女の父親は直参旗本。

長男夫婦に家督を譲って隠居し、近頃は惚けてしまって表に出してもらえぬと耳にしていたが、そもそも見た目が違う。

驚くばかりの佐和と同様、半蔵も唖然とせずにいられなかった。

二人が立ち尽くしている間に、花は次々売れていく。

厳つい伝兵衛が一人で店を張っていては、怖がって誰も近付くまい。

美しい千香が愛想良く笑顔を振りまき、慣れた手付きで花を束ねてくれるので客も安心している様子だった。

そんな彼女にやり取りを任せ、伝兵衛はお代を受け取る役に徹している。

江戸の花売りは四文の倍数で値を決めるのが習い。売り手も買い手も勘定がしやすいはずだが、銭など触ったこともない千香には扱えまい。

厳めしくも世慣れた伝兵衛が傍で支えていればこそ、大奥暮らしで扱い慣れた花を供することに集中していられるのだ。

二人はそれぞれの役目に励み、甲斐甲斐しく花を売りさばいていく。

「購《あがの》うて参りますか、お前さま？」

「止めておこう。いつも屋敷に参る花売りが居るではないか」

佐和を押しとどめると、半蔵は先に立って歩き出す。

その顔に、もはや憂いの色は無い。

何はともあれ、千香は新たな生き方を見出したのだ。

「お待ちくだされ」

息せき切って、佐和が後から付いてくる。

「そんなに大股で歩かれては追いつけませぬ。足が長いからと言うて、これ見よがしにされては困りますぞ」

「左様であったな……いやはや、すまなかった」

謝る半蔵の表情は明るかった。

佐和には言いたい放題にしていてもらわなければ、調子が狂う。

自分の生き方は、これでいい。

そう思えたことで、胸の内が晴れやかになっていた。

「どうだ、汁粉屋《しるこや》にでも寄って参らぬか？」

「知りませぬ！」

佐和はぷんぷん怒りながら先を行く。

汁粉屋の奥が男女の忍び会う場所であることに、半蔵は気付いていない。

その気もないのに誘う鈍感さが腹立たしく、愛《いと》おしくもあった。

この作品は2012年5月双葉社より刊行された『算盤侍影御用　婿殿女難』を加筆修正し、改題したものです。

本書のコピー、スキャン、デジタル化等の無断複製は著作権法上での例外を除き禁じられています。本書を代行業者等の第三者に依頼してスキャンやデジタル化することは、たとえ個人や家庭内での利用であっても著作権法上一切認められておりません。

徳間文庫

婿殿開眼㊅

半《はん》蔵《ぞう》女《じょ》難《なん》

© Hidehiko Maki 2020

2020年2月15日 初刷

著者 牧《まき》秀《ひで》彦《ひこ》

発行者 平野健一

発行所 株式会社 徳間書店

東京都品川区上大崎三-一-一 〒141-8202
目黒セントラルスクエア

電話 編集〇三(五四〇三)四三四九
販売〇四九(二九三)五五二一

振替 〇〇一四〇-〇-四四三九二

印刷 大日本印刷株式会社

製本

ISBN978-4-19-894537-4 (乱丁、落丁本はお取りかえいたします)

徳間文庫の好評既刊

牧 秀彦

さむらい残党録

三遊亭圓士《さんゆうていえんし》、当年とって三十九歳。名人圓《えん》朝《ちょう》に弟子入りしたのは御一新の直後のこと。およそ噺《はなし》家《か》らしからぬ風貌で、がっちりした筋肉質の体付き。それもそのはずこの男、本名は松平新左衛門《まつだいらしんざえもん》といって、元は大身の旗本。幼馴染みの三人と一緒に彰義隊《しょうぎたい》に参加した過去を持つ。時は明治二十四年——この中年江戸っ子元士族四人組が、帝都東京を舞台に繰り広げる裏稼業とは……!?　本格剣戟小説。